A Mulher de Preto

Susan Hill

A Mulher de Preto

Tradução de
Flávia Souto Maior

EDITORA RECORD
RIO DE JANEIRO • SÃO PAULO
2012

CIP-BRASIL. CATALOGAÇÃO-NA-FONTE
SINDICATO NACIONAL DOS EDITORES DE LIVROS, RJ

Hill, Susan, 1942-
H545d A mulher de preto / Susan Hill; tradução de Flávia Souto Maior. – Rio de Janeiro: Record, 2012.

Tradução de: The woman in black
ISBN 978-85-01-09349-3

1. Romance inglês. I. Maior, Flávia Souto. II. Título.

11-8274   CDD: 823
                                           CDU: 821.111-3

Título original em inglês:
The woman in black

Copyright © 1983 by Susan Hill

Texto revisado segundo o novo Acordo Ortográfico da Língua Portuguesa.

Todos os direitos reservados. Proibida a reprodução, no todo ou em parte, através de quaisquer meios. Os direitos morais da autora foram assegurados.

Editoração eletrônica: Abreu's System

Direitos exclusivos de publicação em língua portuguesa somente para o Brasil adquiridos pela
EDITORA RECORD LTDA.
Rua Argentina, 171 – Rio de Janeiro, RJ – 20921-380 – Tel.: 2585-2000,
que se reserva a propriedade literária desta tradução.

Impresso no Brasil

ISBN 978-85-01-09349-3

Seja um leitor preferencial Record.
Cadastre-se e receba informações sobre nossos
lançamentos e nossas promoções.

EDITORA AFILIADA

Atendimento e venda direta ao leitor:
mdireto@record.com.br ou (21) 2585-2002.

Para Pat e Charles Gardner

Sumário

Véspera de Natal	9
A neblina de Londres	31
A viagem ao Norte	43
O funeral da Sra. Drablow	51
Pela passagem	75
O som de um pônei e uma carroça	93
Sr. Jerome tem medo	109
Aranha	121
No quarto de criança	131
Assobie e irei até você	157
Um maço de cartas	171
A mulher de preto	199

Véspera de Natal

Eram 21h30 da véspera de Natal. Enquanto cruzava o longo hall de entrada de Monk's Piece, indo da sala de jantar — onde havíamos acabado de desfrutar a primeira de muitas alegres e festivas refeições — a caminho da sala de estar e da lareira ao redor da qual minha família estava então reunida, parei e, como faço com frequência no meio da noite, caminhei até a porta da frente, abri-a e saí.

Sempre gostei de respirar o ar da noite, sentir seu cheiro, seja ele doce e suave, com a fragrância das flores do verão; pungente devido às fogueiras e às folhas decompostas do outono; ou congelante pelo gelo e a neve. Gosto de olhar em volta, para o céu sobre minha cabeça, havendo lua e estrelas ou profunda escuridão, e para a penumbra diante de mim; gosto de ouvir os gritos das criaturas noturnas e o gemido crescente ou minguante do vento, ou o bater da chuva nas árvores do pomar, gosto da rajada de ar em minha direção, subindo a colina, vinda dos pastos planos do vale do rio.

Esta noite, senti imediatamente, e com alegria, que havia ocorrido uma mudança no clima. Havia chovido durante toda a semana anterior, uma chuva fria e uma névoa que caíam sobre a casa e o campo. Da janela, o olhar alcançava no máximo 1 ou 2 metros do jardim. Era um clima miserável, parecia que nunca ficava totalmente claro, e demasiado frio e úmido também. Não havia prazer em caminhar, a visibilidade estava ruim demais para se empreender caçadas, e os cães estavam permanentemente rabugentos e cheios de lama. Dentro de casa, as luzes ficavam sempre acesas durante o dia, as paredes da despensa, da casinha e do porão escorriam de umidade, exalando um cheiro acre, e o fogo nas lareiras soltava faísca e fumaça, melancolicamente fraco.

Meu estado de espírito foi, por muitos anos, excessivamente afetado pelo clima, e confesso que, não fosse pelo ar de alegria e agitação que prevalecia no restante da casa, eu poderia estar um tanto quanto deprimido e letárgico, incapaz de aproveitar os sabores da vida como deveria e irritado com minha própria suscetibilidade. Mas Esmé não se irrita com o clima severo, ela o toma como uma provocação vigorosa, então os preparativos para o nosso Natal esse ano foram mais do que amplos e abundantes.

Dei um ou dois passos adiante, saindo da sombra da casa de modo que pudesse olhar para os arredores iluminados pelo luar. Monk's Piece fica no ponto de terra mais alto, cerca de 120 metros acima de onde o pequeno rio Nee segue seu caminho sinuoso de norte a sul através dessa fértil e protegida região do país. Abaixo de nós há pastos, intercalados com pequenas áreas em que se misturam diferentes árvores latifoliadas. Mas atrás de nós, por vários quilômetros quadrados, há uma área bem diferente de arbustos duros e charneca, um pedaço de rusticidade no meio de campos bem-cultivados. Estamos a pouco mais de 3 quilômetros de uma vila de bom tamanho, 11 da principal cidade mercado, e ainda assim há um ar de distanciamento e isolamento que nos faz sentir bem mais afastados da civilização.

A primeira vez que vi Monk's Piece foi em uma tarde de verão, quando andava de charrete com o Sr. Bentley. Ele fora meu empregador, mas recentemente eu havia me tornado sócio pleno na empresa de advocacia à qual me vinculara quando jovem (e com a qual, de fato, permaneci durante toda a minha vida de trabalho). Na época, ele estava beirando a idade em que começara a se sentir inclinado a deixar escapar os domínios da responsabilidade, pouco a pouco, de suas mãos para as minhas, embora tenha continuado a viajar ao nosso escritório em Londres pelo menos uma vez por semana, até morrer aos 82 anos. Mas ele estava se tornando cada vez mais um habitante do campo. Não era homem de caça e pesca, em vez disso estava imerso nos papéis de juiz de paz local e representante da igreja, chefe desta, daquela e daquela outra comissão da região e da paróquia, além dos comitês e corpos diretivos. Fiquei tão aliviado quanto satisfeito quando ele finalmente me tornou sócio pleno depois de tantos anos, mas ao mesmo tempo acreditava que a posição era mais do que merecida, pois fiz minha cota de trabalho braçal e carreguei uma pesada carga de responsabilidade por supervisionar as riquezas da empresa sem, eu achava, receber uma recompensa adequada — pelo menos em termos de cargo.

Então uma vez eu estava sentado ao lado do Sr. Bentley em uma tarde de domingo, desfrutando da vista campestre verde e soporífera por sobre a cerca de espinheiro, quando ele deixou o pônei pegar a estrada de volta, a passos vagarosos, em direção a sua mansão um pouco feia e de uma imponência um tanto quanto excessiva. Para mim, era raro relaxar, ficar sem fazer nada. Em Londres, vivia para o trabalho, exceto por algum tempo livre que eu gastava estudando e colecionando aquarelas. Eu tinha 35 anos na época, e era viúvo há 12. Não tinha gosto algum pela vida social e, embora tivesse boa saúde, tinha propensão a algumas doenças nervosas, como resultado de experiências que relatarei adiante. Verdade seja dita, eu estava envelhecendo bem antes do tempo. Era um homem melancólico, de pele pálida, expressão tensa — enfim, uma pessoa enfadonha.

Comentei com o Sr. Bentley sobre a calma e suavidade do dia e depois de um olhar de relance em minha direção, ele disse:

— Você deveria começar a pensar em comprar algo por aqui. Por que não? Um chalezinho bonito, lá embaixo, talvez? — E apontou com o chicote para um pequeno vilarejo enfiado em uma curva do rio, paredes brancas aquecendo-se com o sol da tarde. — Saia da cidade uma dessas sextas-feiras, comece a caminhar e encha-se de ar fresco e bons ovos com nata.

A ideia tinha seu charme, mas ele era distante, aparentemente sem nenhuma relação comigo, então apenas sorri e respirei a fragrância quente da grama e das flores do campo e observei a poeira levantada pelos cascos do pônei, e não pensei mais naquilo. Na realidade, apenas até chegarmos a um trecho da estrada que passava por uma casa de pedras comprida, de proporções perfeitas, construída em um aclive com uma vista arrebatadora de todo o vale do rio, estendendo-se por quilômetros de distância até a linha violeta formada pelas colinas a distância.

Naquele momento, fui tomado por algo que não consigo descrever precisamente, uma emoção, um desejo — não, era ainda mais: uma percepção, uma simples *certeza*, que me capturou, e tornou tudo tão claro e impressionante que eu gritei involuntariamente para o Sr. Bentley parar. Antes mesmo de ele ter tempo para isso, desci da charrete e fiquei parado sobre um montículo coberto de grama, primeiro olhando fixamente para a casa, tão bela, completamente adequada para a posição que ocupava — uma casa modesta, mas ainda assim confiante —, e depois para o campo além dela. A sensação que eu tinha não era a de já ter estado ali antes, mas uma convicção absoluta de que voltaria, de que a casa já era minha, de que estava ligada a mim de maneira invisível.

Em um dos lados, um riacho corria em meio a pequenos declives, na direção de uma campina, onde serpenteava até o rio.

O Sr. Bentley agora me olhava com curiosidade de cima da charrete.

— Um excelente lugar — disse ele.

Concordei com a cabeça, mas, incapaz de partilhar com ele qualquer uma de minhas emoções extremadas, virei-lhe as costas e andei alguns metros acima até um ponto de onde se podia ver a entrada para o velho e abandonado pomar que ficava atrás da casa e acabava em grama alta e bosque cerrado do outro lado. Além disso, olhei de relance o perímetro, uma área aberta de aparência um pouco rústica. O sentimento de convicção que descrevi ainda estava em mim e eu me lembro de ter me alarmado com isso, pois nunca fui homem de imaginação fértil, ou fantasioso, e certamente nem um pouco dado a visões do futuro. Na verdade, desde aquelas primeiras experiências, evitei deliberadamente todo tipo de contemplação de qualquer questão remotamente imaterial e me ative ao prosaico, ao visível e ao tangível.

No entanto, quase não consegui escapar da crença — não, preciso de uma palavra melhor — da certeza de que essa casa um dia seria meu lar, de que, mais cedo ou mais tarde, embora não tivesse ideia de quando, eu me tornaria dono dela. Quando finalmente aceitei e admiti isto para mim mesmo, experimentei uma sensação profunda de paz e satisfação que não sentia há muitos e muitos anos, e foi com alegria que voltei à charrete, onde o Sr. Bentley me esperava um tanto curioso.

O sentimento avassalador que vivenciei em Monk's Piece permaneceu comigo, embora não no primeiro plano de minha mente, quando deixei o interior naquela tarde para voltar a Londres. Eu havia dito ao Sr. Bentley que se ele ouvisse algo sobre a casa ser posta à venda, gostaria imensamente que me avisasse.

Alguns anos depois, ele o fez. Entrei em contato com os representantes no mesmo dia, algumas horas mais tarde, sem sequer voltar para ver a casa, fiz uma oferta e ela foi aceita. Meses antes, eu havia conhecido Esmé Ainley. Nossa afeição um pelo outro crescia cada vez mais, mas, amaldiçoado como ainda estava por minha natureza hesitante em relação a todas as questões pessoais e emocionais, não disse nada sobre minhas intenções para o futuro. No entanto, eu tinha razão suficiente para considerar as notícias sobre Monk's Piece como um bom presságio, e uma semana depois que me tornei formalmente dono da casa, viajei para o interior com Esmé e a pedi em casamento em meios às árvores do velho pomar. Essa oferta também foi aceita, e logo depois nos casamos e mudamos imediatamente para Monk's Piece. Naquele dia, eu acreditei de verdade que finalmente havia saído debaixo da grande sombra lançada pelos acontecimentos do passado, e vi por seu rosto, e senti pela ternura de seu aperto de mão, que o

Sr. Bentley também acreditava, e que uma carga havia sido tirada de seus próprios ombros. Ele sempre se culpara, pelo menos em parte, pelo que havia acontecido comigo —, afinal, fora ele quem me enviara naquela primeira viagem para Crythin Gifford, à Casa do Brejo da Enguia e ao funeral da Sra. Drablow.

Mas tudo isso não poderia estar mais longe de meus pensamentos, pelo menos dos conscientes, no momento em que eu estava ali parado, respirando o ar da noite na porta de minha casa naquela véspera de Natal. Já faz quase 14 anos que Monk's Piece tem sido o mais feliz dos lares — meu e de Esmé, e dos quatro filhos de seu primeiro casamento com o capitão Ainley. Nos primeiros dias, eu vinha para cá apenas aos fins de semana e feriados, mas a vida e o trabalho em Londres começaram a me irritar desde o dia que comprei esse lugar e fiquei realmente contente em me aposentar permanentemente no campo na primeira oportunidade que tive.

E agora, era nesse lar feliz que minha família se refugiava mais uma vez para o Natal. Daqui a pouco eu iria abrir a porta da frente e ouvir o som de suas vozes na sala de estar — a não ser que fosse intimado abruptamente por minha esposa, queixando-se sobre o perigo de eu pegar um resfriado. Fazia muito frio e finalmente havia clareado. O céu estava tomado por estrelas e a lua cheia exibia um halo de gelo. A umidade e a neblina da semana passada haviam se retirado em silêncio como ladrões durante a noite, os caminhos e paredes de pedra da casa brilhavam levemente, e minha respiração fazia fumaça no ar.

Lá em cima, no sótão, os três filhos pequenos de Isobel — netos de Esmé — dormiam com meias amarradas à coluna da cama. Não haveria neve para eles no dia seguinte, mas o dia de Natal pelo menos seria claro e alegre.

Havia algo no ar aquela noite, algo, eu suponho, como uma memória de minha própria infância, juntamente com uma infecção que peguei dos garotos, que me deixou agitado, apesar de minha idade já avançada. Algo talvez anunciasse que minha paz de espírito estava prestes a ser perturbada, e que lembranças que eu achava estarem mortas para sempre seriam despertadas, embora eu naturalmente não tivesse ideia. Que eu fosse mais uma vez renovar minha familiaridade, ao menos no curso de recordações vívidas e sonhos, com o horror mortal e o terror no espírito, parecia algo impossível naquele momento.

Dei mais uma olhada na escuridão fria, suspirei com satisfação, chamei os cachorros e entrei, preparando-me para nada mais do que um cachimbo e um copo de um bom uísque ao lado do fogo crepitante da lareira, na agradável companhia de minha família. Ao cruzar o hall e entrar na sala de estar, senti uma onda de bem-estar, do tipo que tenho experimentado regularmente ao longo da minha vida em Monk's Piece, uma sensação que leva naturalmente a outra, de sincera gratidão. E, de fato, fiquei grato por ver minha família protegida ao redor da grande lareira cujo fogo Oliver estava, naquele momento, fazendo crescer perigosamente, com chamas ferozes, com a adição de um grande galho de macieira de uma velha árvore que havia sido derrubada do pomar no outono anterior. Oliver é o mais velho dos filhos de Esmé, e na época, assim como hoje em dia, parecia-se tanto com sua irmã Isobel (sentada ao lado de seu marido, o barbado Aubrey Pearce) quanto com o irmão de idade próxima, Will. Todos os três têm bons rostos ingleses, simples e inocentes, ligeiramente redondos, com cabelos, sobrancelhas e cílios castanhos, mesma cor dos de sua mãe antes de ficar cheia de grisalhos.

Naquela época, Isobel tinha apenas 24 anos, mas já era mãe de três filhos pequenos, e estava pronta para produzir mais. Tinha o ar pesado e sossegado de uma matrona e uma inclinação para supervisionar e cuidar de seu marido e seus irmãos, assim como dos próprios filhos. Ela era a mais sensível e responsável das filhas, carinhosa e amável, e parecia ter encontrado no calmo e equilibrado Aubrey Pearce um parceiro ideal. Apesar disso, já flagrei Esmé olhando para ela com tristeza, e mais de uma vez ela já exprimiu, gentilmente e apenas para mim, o desejo de que Isobel fosse um pouco menos séria, uma pouco mais animada, ou até mesmo fútil.

Com toda sinceridade, eu não poderia desejar o mesmo. Não poderia desejar que qualquer coisa perturbasse a superfície daquele mar calmo.

Oliver Ainley, na época com 19 anos, e seu irmão Will, apenas 14 meses mais novo, eram igualmente sérios, jovens sóbrios de coração, mas no momento ainda desfrutavam da exuberância dos fedelhos, e de fato me parecia que Oliver demonstrava pouquíssimos sinais de maturidade para um jovem que cursava o primeiro ano em Cambridge e estava destinado, se meu conselho fizesse efeito, a uma carreira em advocacia. Will estava deitado de bruços diante da lareira, rosto aceso, queixo apoiado nas mãos. Oliver sentou-se ao lado, e de vez em quando suas longas pernas se engalfinhavam, chutes e empurrões, acompanhados de gargalhadas repentinas por qualquer motivo, como se tivessem voltado a ter 10 anos.

O mais novo dos Ainley, Edmund, sentou-se um pouco afastado, mantendo, como era de costume, uma pequena distância de qualquer outra pessoa, não por inimizade ou mau humor, mas devido a uma meticulosidade e comedimento inatos, um desejo de ser um tanto quanto reservado, que sempre o diferenciou do restante da família de Esmé, assim como ele era diferente dos outros na aparência. Era pálido, tinha o nariz longo, os cabelos de uma negridão extraordinária e olhos azuis. Edmund tinha, então, 15 anos. Eu o conhecia menos do que os outros, quase não o entendia, sentia-me desconfortável em sua presença e, ainda assim, talvez de um modo estranho, amava-o mais profundamente do que aos outros.

A sala de estar de Monk's Piece é comprida e baixa, com janelas grandes em cada um dos lados. No momento tinha as cortinas fechadas, mas durante o dia entrava muita luz pelo norte e pelo sul. Naquela noite, guirlandas e adornos de folhagem fresca, colhida naquela tarde por Esmé, e Isobel, estavam pendurados sobre a lareira de pedra, e entrelaçados às folhas havia frutinhas e laços vermelhos e dourados. Do outro lado da sala estava a árvore, com velas e enfeites, e debaixo dela havia uma pilha de presentes. Havia flores também, vasos de crisântemos brancos e, no centro do cômodo, sobre uma mesa redonda, uma pirâmide de frutas douradas e uma tigela de laranjas fincadas com cravos, enchendo o ar com seu aroma que misturava-se ao dos ramos e à fumaça da madeira, formando o perfume do Natal.

Sentei em minha poltrona, afastei-a um pouco da chama ardente da lareira, e comecei o demorado e reconfortante processo de acender um cachimbo. Enquanto o fazia, dei-me conta de que havia interrompido os outros no meio de uma conversa animada, e que Oliver e Will estavam no mínimo agitados para continuar.

— Bem — eu disse, dando as primeiras e discretas pitadas em meu tabaco —, e o que é tudo isso?

Houve uma pausa e Esmé balançou a cabeça, levantando os olhos do bordado e sorrindo.

— Venha...

Então Oliver ficou de pé e começou a andar pela sala, apagando rapidamente todas as luzes, menos as da árvore de Natal do outro lado, de forma que, quando voltou a seu lugar, tínhamos apenas a luz da lareira para vermos uns aos outros, e Esmé foi obrigada a deixar a costura de lado — sem qualquer resmungo de protesto.

— É melhor fazermos o serviço direito — disse Oliver com certa satisfação.

— Ah, garotos...

— Agora vamos, Will, é sua vez, não é?

— Não, é a vez de Edmund.

— Ha-ha — disse o mais novo dos irmãos Ainley, com uma voz estranha e profunda. — Vocês mal podem esperar!

— *Precisamos* ficar com as luzes apagadas? — disse Isobel, como se falasse com meninos muito mais novos.

— Sim, mana, precisamos, isto é, se quiser criar um clima autêntico.

— Mas não sei se quero.

Oliver soltou um lamento grave.

— Alguém pode continuar?

Esmé se inclinou em minha direção.

— Eles estão contando histórias de fantasmas.

— Sim — disse Will, sua voz instável devido à empolgação e às risadas. — É ideal para a véspera de Natal. Uma antiga tradição!

— A casa de campo isolada, os hóspedes reunidos ao redor da lareira em uma sala escura, o vento uivando no caixilho da janela... — murmurou Oliver novamente.

E então ouviu-se a voz impassível e bem-humorada de Aubrey:

— Melhor continuar, então.

E eles o fizeram. Oliver, Edmund e Will competiam uns com os outros para contar a história mais assustadora e horripilante, com os efeitos mais dramáticos e os gritos mais aterrorizantes. Eles se superavam nos extremos da criatividade, acumulando um tormento sobre o outro. Falaram de paredes de pedra com goteiras em castelos inabitados, de ruínas de um monastério cobertas de hera iluminadas ao luar, de quartos secretos trancados, calabouços escondidos, sepulturas úmidas e cemitérios abandonados, de barulho de passos em escadarias e dedos batendo no caixilho de janelas, de uivos e gritos, grunhidos e pessoas correndo, sons metálicos de correntes, de monges encapuzados e cavaleiros sem cabeça, névoas que ondulavam e ventos repentinos, espectros incorpóreos e criaturas cobertas, vampiros e sanguinários, morcegos e ratos e aranhas, homens encontrados ao amanhecer e mulheres que ficaram com os cabelos brancos e loucas de pedra, de cadáveres desaparecidos e herdeiros amaldiçoados. As histórias ficavam cada vez mais violentas, selvagens e tolas, e logo os sustos e gritos transformaram-se em surtos de risada, enquanto cada um, até mesmo a gentil Isobel, contribuía com detalhes cada vez mais horripilantes.

A princípio fiquei entretido, tolerante, mas conforme permanecia sentado ali, escutando, à luz da lareira, comecei a me sentir afastado de todos eles, um estranho em seu círculo. Estava tentando suprimir meu crescente desconforto, refrear o fluxo de lembranças.

Era um esporte, um jogo eufórico e inocente entre jovens no período das festas, e também uma antiga tradição, como Will havia dito com razão. Não havia nada para me atormentar ou perturbar, nada que eu pudesse condenar. Eu não queria ser um estraga-prazeres, velho, rabugento, sem imaginação; ansiava por fazer parte do que não passava de uma boa diversão. Lutando comigo mesmo, afastei a cabeça da luz da lareira para que ninguém pudesse ver minha expressão, que eu sabia ter começado a mostrar sinais de embaraço.

E então, para acompanhar o último uivo de *banshee* de Edmund, a lenha que queimava na lareira cedeu repentinamente e, depois de levantar algumas faíscas e cinzas, apagou-se, de forma que ficamos quase no escuro. Em seguida, fez-se silêncio na sala. Eu estremeci. Queria me levantar e acender todas as luzes novamente, ver o brilho e as cores da decoração natalina, ter a lareira acesa de novo, cheia de alegria, queria expulsar o calafrio que me atingiu e a sensação de medo em meu peito. Mas não conseguia me mexer, por um momento aquilo me paralisou, como sempre acontecera. Era uma sensação que já fora familiar demais e estava esquecida há tempos.

Então, Edmund disse:

— Agora vamos, padrasto, é a sua vez — E os outros se juntaram ao pedido, quebrando o silêncio com sua insistência, à qual até Esmé se juntou.

— Não, não — tentei fazer graça. — Não tenho nada a dizer.

— Ah, Arthur...

— Você deve conhecer pelo menos *uma* história de fantasmas, padrasto, todos conhecem *alguma*...

Ah, sim, sim, de fato. O tempo todo que passei ouvindo suas invenções mórbidas e fantasmagóricas, seus uivos e grunhidos, o único pensamento que passou pela minha cabeça, e a única coisa que poderia ter dito era: "Não, não, nenhum de vocês tem a menor ideia. Isso é tudo bobagem, fantasia, não é assim. Nada tão cheio de sangue e putrefato e tosco — não é tão... tão risível. A verdade é bem diferente, e muito mais terrível.

— Vamos *lá*, padrasto.

— Não seja desmancha-prazeres.

— Arthur?

— Vá em frente, padrasto, não vai nos decepcionar, não é?

Eu me levantei, incapaz de suportar aquilo por mais tempo.

— Sinto muito desapontá-los — eu disse —, mas não tenho história para contar! — E saí rapidamente da sala e da casa.

Uns 15 minutos depois, recobrei o juízo e me vi no terreno atrás do pomar, com o coração batendo forte, a respiração entrecortada. Havia caminhando num frenesi agitado, e então, percebendo que deveria fazer um esforço para me acalmar, sentei-me sobre uma antiga pedra coberta de musgo e comecei a respirar de maneira uniforme, inspirando e contando até dez, depois expirando novamente, até sentir a tensão começar a diminuir dentro de mim e meu pulso recuperar um pouco da estabilidade, minha cabeça mais clara. Depois de mais algum tempo, fui capaz de perceber mais uma vez meu entorno, notar a nitidez do céu e o brilho das estrelas, a frieza do ar e a fragilidade da grama congelada sob meus pés.

Atrás de mim, na casa, percebi que provavelmente deixara a família em estado de consternação e perplexidade, pois sempre me conheceram como um homem calmo, de emoções previsíveis. Quanto ao motivo de terem estimulado minha aparente reprovação ao contar algumas histórias bobas e incitado um comportamento tão seco, a família toda ficaria confusa, sem entender, e logo mais eu deveria voltar para eles, desculpar-me e me esforçar para apagar o incidente, renovar alguma coisa do ar de alegria. O que eu não seria capaz de fazer era explicar. Não. Ficaria animado, e voltaria a ser equilibrado, ao menos pelo bem de minha esposa, mas isso seria tudo.

Eles haviam me chamado de estraga-prazeres, tentado me encorajar a contar uma história de fantasma que eu certamente deveria, como qualquer outro homem, conhecer. E estavam certos. Sim, eu tinha uma história, uma história real, uma história de assombração e maldade, medo e confusão, horror e tragédia. Mas não era uma história para ser contada como entretenimento casual, ao redor da lareira, na véspera de Natal.

No fundo, sempre soube que aquela experiência nunca me abandonaria — que estava entremeada em minhas fibras, uma parte inextricável de meu passado —, mas esperava jamais ser obrigado a recordá-la consciente e integralmente de novo. Como uma antiga ferida, havia uma pontada de dor de vez em quando, mas cada vez menos frequente e menos dolorosa à medida que os anos se passavam e minha alegria, sanidade e equilíbrio pareciam garantidos. Ultimamente, era como a ondulação distante formada em um lago, apenas a fraca lembrança de uma lembrança.

Mas então, naquela noite, encheu de novo a minha mente, excluindo todo o resto. Eu sabia que não teria descanso, que acabaria ficando acordado, suando frio, pensando naquela época, naqueles acontecimentos, naqueles lugares. Foi assim noite após noite, durante anos.

Levantei-me e comecei a perambular novamente. O Natal era no dia seguinte. Não poderia me livrar daquilo pelo menos nesse período abençoado? Não havia como manter a lembrança, e os efeitos que exercia sobre mim, encurralados, como quando um analgésico ou bálsamo protelam a dor de um ferimento, pelo menos temporariamente? E então, parado em meio aos troncos das árvores frutíferas, sob o luar prateado, lembrei-me que a forma de banir um velho fantasma que continua com suas assombrações é exorcizá-lo. Bem, então o meu deveria ser exorcizado. Eu deveria contar minha história. Não em voz alta, diante da lareira. Não como diversão para ouvintes ociosos — era demasiado solene e real para isso. Mas eu deveria colocá-la no papel, com todo o cuidado e todos os detalhes. Eu escreveria minha própria história de fantasma. Então talvez pudesse finalmente ficar livre disso pelo resto da vida que ainda tivesse para viver.

Decidi logo de cara que deveria ser, pelo menos enquanto estivesse vivo, uma história apenas para os meus olhos. Fora eu que havia sido assombrado, eu que havia sofrido — não era o único, sem dúvida, mas certamente — pensei —, o único que ainda estava vivo. Eu era o único que, a julgar por minha agitação naquela noite, ainda era profundamente afetado por isso, e fora apenas por mim que o fantasma se sentira atraído.

Olhei para a lua e para a extremamente brilhante estrela Polar. Véspera de Natal. Então rezei uma prece sincera e simples pedindo paz de espírito, força e equilíbrio para suportar enquanto completava o que seria uma tarefa muito agonizante, e rezei pedindo uma benção para minha família, e que todos pudéssemos descansar aquela noite. Embora estivesse no controle de minhas emoções naquele momento, temia as horas de escuridão que se seguiriam.

Como resposta às minhas preces, lembrei-me imediatamente de alguns versos de um poema, versos que um dia soube, mas estavam esquecidos há muito tempo. Depois, recitei-os em voz alta a Esmé, e ela logo identificou a fonte para mim.

> Diz-se que sempre que chega o tempo
> em que se celebra o nascimento de Nosso Salvador,
> A ave da alvorada canta a noite toda.
> E então, diz-se, nenhum espírito ousa vagar;
> As noites são límpidas, nenhuma estrela brilha;
> As fadas não encantam, nem as bruxas enfeitiçam,
> Tão sagrada e graciosa é tal época.

Ao recitar os versos em voz alta, uma grande paz tomou conta de mim; eu estava completo novamente, fortalecido por minha resolução. Depois do feriado, quando a família toda fosse embora e Esmé e eu estivéssemos sozinhos, começaria a escrever minha história.

Quando retornei a casa, Isobel e Aubrey haviam subido para compartilhar o prazer de encher sorrateiramente as meias de seus filhos de presentes, Edmund lia, Oliver e Will estavam na velha sala de jogos no outro extremo da casa, onde havia uma mesa de bilhar surrada, e Esmé arrumava a sala de estar antes de ir para a cama. Sobre o incidente daquela noite, não foi dito nada em absoluto, embora ela levasse uma expressão ansiosa, e eu tenha tido que inventar um episódio de indigestão aguda para justificar meu comportamento abrupto. Ocupei-me do fogo, extinguindo as chamas, e bati o cachimbo ao lado da lareira, sentindo-me calmo e sereno novamente, e não mais agitado ao pensar nos terrores solitários que teria que suportar, fosse dormindo ou acordado, durante as altas horas da noite que viria.

No dia seguinte seria Natal, e eu esperava sua chegada ansiosamente e com satisfação. Seria um período de felicidade e júbilo em família, de amor e amizade, de alegria e riso.

Quando terminasse, eu teria trabalho a fazer.

A neblina de Londres

Era uma segunda-feira de novembro à tarde e já estava escurecendo, não porque a hora estivesse adiantada — não eram nem 15h —, mas devido à densa neblina, uma mistura de névoa e fumaça das chaminés de Londres, que nos envolveu por todos os lados desde o amanhecer — se é que houve amanhecer, pois a neblina mal permitiu que a luz do dia penetrasse na atmosfera feia e triste.

    A névoa estava lá fora, pairando sobre o rio, esgueirando-se por becos e passagens, serpenteando espessamente entre as árvores desfolhadas de todos os parques e jardins da cidade, e também do lado de dentro, agitando-se por frestas e fendas como um hálito ácido, aproveitando para entrar a cada vez que uma porta se abria. Era uma neblina amarela, suja, malcheirosa, uma neblina que sufocava e cegava, obscurecia e manchava. Tateando seu caminho às cegas pelas ruas, homens e mulheres arriscavam a vida, cambaleando pelas calçadas, segurando-se em grades e uns nos outros para se guiar.

Sons eram abafados, formas borradas. Era uma neblina que chegara três dias antes e não parecia inclinada a ir embora, e tinha, suponho, a qualidade de todas as neblinas desse tipo — era ameaçadora e sinistra, encobrindo o mundo conhecido e desconcertando as pessoas que vivem nele, confusas por terem seus olhos cobertos e por serem obrigadas a andar em círculos, como em uma brincadeira de cabra-cega.

Era, no geral, um clima miserável e desanimador, no mês mais deprimente do ano.

Seria fácil olhar para trás e acreditar que durante todo aquele dia eu tive uma sensação de mau agouro sobre a viagem que faria, que um tipo de sexto sentido, uma intuição telepática que fica adormecida e submersa na maioria dos homens, havia se manifestado e se posto em alerta dentro de mim. Mas eu era, naqueles dias de minha juventude, um rapaz resistente e com muito bom-senso, de forma que não senti nenhum mal-estar ou apreensão. Qualquer depressão em meu estado de espírito usualmente alegre devia-se somente à neblina, e a novembro, e aquela mesma melancolia era sentida por qualquer cidadão de Londres.

Pelo que me lembro com clareza, no entanto, não senti nada além de curiosidade, um interesse profissional pelo que o relato limitado do Sr. Bentley havia colocado diante de mim, juntamente com um leve senso de aventura, pois nunca havia visitado aquela região remota da Inglaterra para a qual estava viajando — além de um certo alívio pela perspectiva de sair daquele ambiente insalubre de neblina e umidade. Além disso, eu tinha apenas 23 anos e uma paixão colegial por tudo o que era relacionado a estações de trens e viagens em locomotivas a vapor.

Mas o que talvez seja mais notável é como consigo me lembrar bem dos mínimos detalhes daquele dia, apesar de até então não ter acontecido nada desagradável e de que meu ânimo se mantivesse estável. Se eu fechar os olhos, estou sentado no táxi, que rastejava em meio à neblina a caminho da estação de King's Cross. Posso sentir o cheiro do couro frio e úmido dos estofados e o fedor indescritível da neblina penetrando pelas bordas do vidro, assim como a sensação nos ouvidos, embora estivessem cheios de algodão.

Focos de luz amarela sulfúrea, que pareciam vir de cantos aleatórios de algum círculo do Inferno, brilhavam em lojas e nas janelas superiores das casas; nos porões, reluziam da fossa de baixo. Focos vermelhos de luz vinham dos vendedores de castanhas nas esquinas; aqui um grande caldeirão de piche fervente usado por trabalhadores das estradas respingava e soltava uma terrível fumaça vermelha, ali, uma lanterna segurada no alto por um acendedor de lampiões sacudia e tremeluzia.

Nas ruas havia um estardalhaço, composto por freios e buzinas, e os gritos de centenas de motoristas paralisados e cegos pela neblina, e, quando espiava a penumbra pela janela do táxi, todas as figuras que eu conseguia distinguir abrindo caminho pela escuridão eram como fantasmas; suas bocas e as partes de baixo do rosto escondidas sob cachecóis, véus e lenços. Mas, ao atingirem a segurança temporária de um foco de luz, seus olhos ficavam vermelhos e elas se tornavam demoníacas.

Levou quase 50 minutos para percorrer os cerca de 2 quilômetros da empresa até a estação, e como não havia nada que eu pudesse fazer, já conformado com tamanha lentidão para o início de minha viagem, recostei-me, tomando como consolo que essa sem dúvida seria a pior parte, e comecei a pensar na conversa que havia tido com o Sr. Bentley naquela manhã.

Eu estava bastante ocupado com alguns detalhes banais dos contratos de transferência de propriedade, esquecido, no momento, da neblina que se prensava à janela como uma fera peluda contra minhas costas, quando o secretário, Tomes, entrou para me convocar à sala do Sr. Bentley. Tomes era um homem pequeno, magro como um palito, sua pele da cor de uma vela de cera, e permanentemente resfriado, o que fazia com que fungasse a cada vinte segundos, motivo pelo qual ficava confinado a um cubículo em um saguão externo, onde cuidava da contabilidade e recebia os visitantes com um ar de sofrimento e melancolia que os fazia pensar em testamentos, independentemente do motivo que os tivesse de fato levado ao advogado.

E era um testamento que o Sr. Bentley tinha diante de si quando entrei em sua grande e confortável sala, com uma ampla janela destacada que, em dias mais bonitos, proporcionava uma bela vista dos edifícios da

Inn of Court — a Ordem dos Advogados —, seu pátio e das idas e vindas de metade dos juristas de Londres.

— Sente-se Arthur, sente-se. — O Sr. Bentley tirou os óculos, poliu-os vigorosamente e recolocou-os novamente sobre o nariz, antes de recostar-se na cadeira como um homem satisfeito. O Sr. Bentley tinha uma história para contar e gostava de ser ouvido.

— Acho que nunca cheguei a lhe falar sobre a extraordinária Sra. Drablow, não é?

Nego com a cabeça. Aquilo seria, de qualquer modo, mais interessante que os contratos de arrendamento.

— A Sra. Drablow — repetiu ele, pegando o testamento e agitando-o diante de mim, do outro lado da mesa de seu sócio. — Sra. Alice Drablow, da Casa do Brejo da Enguia. Está morta, sabe.

— Ah.

— Sim. Eu herdei Alice Drablow de meu pai. A família é cliente dessa empresa desde... oh... — Ele faz um gesto com a mão para simbolizar o obscuro século anterior e a fundação da Bentley, Haigh, Sweetman e Bentley.

— Ah, sim?

— Uma idade avançada. — Ele balançou novamente o papel. — Oitenta e sete anos.

— E este é o testamento dela, imagino?

— A Sra. Drablow — ele levantou um pouco a voz, ignorando minha pergunta que havia interrompido o padrão de sua narrativa: — A Sra. Drablow era, como dizem, um tanto quanto excêntrica.

Concordei com a cabeça. Como havia aprendido em meus cinco anos de empresa, um número considerável de antigos clientes do Sr. Bentley eram "excêntricos".

— Já ouviu falar da Passagem das Nove Vidas?
— Não, nunca.
— Nem do Brejo da Enguia, no condado de...?
— Não, senhor.
— E nunca, suponho, visitou aquela região?
— Receio que não.
— Vivendo ali — disse o Sr. Bentley, ponderadamente —, qualquer um pode se tornar excêntrico.
— Tenho apenas uma leve ideia de onde fica.
— Então, meu garoto, vá para casa, faça as malas e pegue o trem que sai hoje à tarde de King's Cross, fazendo uma baldeação em Crewe, e outra em Homerby. De Homerby, pegue a ramificação para a pequena cidade mercante de Crythin Gifford. Depois, é só esperar a mudança da maré.
— Maré?
— Só é possível cruzar a passagem na maré baixa. Ela a levará ao Brejo da Enguia e à casa.
— Da Sra. Drablow?
— Quando a maré sobe, fica-se isolado até que baixe novamente. Um lugar fora do comum. — Ele se levantou e foi até a janela. — Há anos não vou lá, é claro. Meu pai me levou. Ela não ficava muito entusiasmada em receber visitas.
— Ela era viúva?
— Ficou pouco depois de se casar.

— Filhos?

— Filhos. — O Sr. Bentley ficou em silêncio por alguns instantes e esfregou a vidraça com o dedo, como se quisesse limpar a escuridão, mas a neblina agigantou-se, amarelo-acinzentada e mais densa do que nunca, embora aqui e ali, além do pátio da Ordem, as luzes dos escritórios brilhassem de modo impreciso. O sino de uma igreja começou a bater. O Sr. Bentley se virou.

— De acordo com tudo o que nos disseram sobre a Sra. Drablow — disse ele, com cuidado — não, não há filhos.

— Ela tem muito dinheiro ou terras? Seus negócios eram complicados?

— De modo geral não, Arthur. De modo geral, não. Ela possuía a casa, é claro, e algumas propriedades em Crythin Gifford: lojas alugadas, coisas assim. E há também uma fazenda medíocre, metade debaixo d'água. Ela gastou dinheiro para construir alguns diques aqui e ali, mas não serviram para muita coisa. E há os fundos e investimentos de praxe.

— Parece tudo perfeitamente claro.

— Parece, não é?

— Posso perguntar por que devo ir até lá?

— Para representar a empresa no funeral de nossa cliente.

— Ah sim, certamente.

— Pensei em ir eu mesmo, naturalmente. Mas, para dizer a verdade, meu pé voltou a me incomodar nessa semana que passou. — O Sr. Bentley sofria de gota, mas nunca se referia à doença pelo nome, embora seu sofrimento jamais lhe tenha sido motivo de vergonha, já que era um homem abstêmio.

— E também pode ser que o Lorde Boltrope precise falar comigo. É preciso que eu esteja aqui, entende?

— Ah sim, claro.

— E também — uma pausa — já está mais do que na hora de eu lhe dar um pouco mais de responsabilidades. Não lhe peço nada além de sua capacidade, não é?

— Espero que não. Ficarei muito feliz em ir ao funeral da Sra. Drablow, naturalmente.

— Há ainda alguns detalhes, além disso.

— O testamento?

— Há alguns assuntos para resolver, relacionados à propriedade, sim. Poderá ler os pormenores durante a viagem. Mas o mais importante a fazer é verificar os documentos da Sra. Drablow; seus papéis particulares... seja lá quais forem. Seja lá *onde estiverem...* — resmungou o Sr. Bentley. — E trazê-los de volta a esse escritório.

— Entendo.

— A Sra. Drablow era um tanto quanto... desorganizada, por assim dizer. Pode ser que leve algum tempo.

— Um ou dois dias?

— Pelo menos um dia ou dois, Arthur. É claro que as coisas podem ter mudado, e que eu esteja enganado... as coisas podem estar perfeitamente arrumadas e você pode terminar em uma tarde. Como lhe disse, há muitos anos não vou até lá.

O trabalho estava começando a soar como algo vindo de um romance vitoriano, com uma senhora reclusa que escondeu vários documentos antigos nas profundezas da desordem de sua casa. Eu mal conseguia levar o Sr. Bentley a sério.

— Haverá alguém para me ajudar?

— A maior parte dos bens vai para um casal de sobrinhos-netos; estão ambos na Índia, onde vivem há mais de quarenta anos. Costumava haver uma empregada... mas você saberá mais quando chegar lá.

— Mas presumo que ela tivesse amigos... ou mesmo vizinhos?

— A Casa do Brejo da Enguia fica bem longe de qualquer vizinho.

— E, sendo uma pessoa excêntrica, nunca fez amigos, imagino?

O Sr. Bentley riu.

— Vamos, Arthur, veja o lado bom. Encare como um passeio.

Eu me levantei.

— Pelo menos poderá sair daqui por um dia ou dois. — Ele gesticulou na direção da janela. Fiz um gesto positivo com a cabeça. Na verdade, não estava nem um pouco insatisfeito com a ideia da expedição, embora tivesse visto que o Sr. Bentley não pudera resistir em transformar uma boa história em algo ainda melhor, dramatizando o mistério da Sra. Drablow em sua casa de nome estranho para além da realidade. Supus que o lugar se provaria apenas frio, desconfortável, e de difícil acesso; o funeral, melancólico; e os papéis que eu tinha de procurar estariam enfiados debaixo de uma cama no sótão, dentro de uma caixa de sapatos coberta de poeira, contendo nada mais que antigos recibos e alguns rascunhos de cartas irritadiças a todo mundo — coisas normais para uma cliente do sexo feminino. Quando cheguei à porta da sala, o Sr. Bentley acrescentou:

— Chegará a Crythin Gifford tarde, e há um pequeno hotel onde poderá passar a noite. O funeral é amanhã às 11h.

— E depois, quer que eu vá até a casa?

— Já está tudo acertado... há um homem local cuidando disso... ele entrará em contato com você.

— Sim, mas...

Bem nesse momento, Tomes se materializou, fungando em meu ombro.

— O cliente das 10h30 está aqui, Sr. Bentley.

— Muito bem, muito bem, mande-o entrar.

— Só um momento, Sr. Bentley...

— Qual o problema, Arthur? Não fique aí parado na porta, homem, tenho trabalho a fazer.

— Não há nada mais que deva me contar, eu...

Ele fez um sinal para que eu saísse, impaciente, e nesse momento Tomes voltou, seguido pelo cliente das 10h30. Eu me retirei.

Tinha que limpar minha mesa, voltar aos meus aposentos, fazer a mala, informar à senhoria que ficaria fora por algumas noites e escrever um bilhete para minha noiva, Stella. Eu esperava que seu desapontamento com minha ausência repentina fosse abrandado pelo orgulho de que o Sr. Bentley estivesse me confiando um assunto da empresa dessa maneira — um bom sinal para minhas perspectivas futuras das quais dependia nosso casamento, planejado para o ano seguinte.

Depois disso, eu deveria pegar o trem daquela tarde para um canto remoto da Inglaterra, do qual eu sequer ouvira falar até alguns minutos atrás. No momento em que eu saía do prédio, o lúgubre Tomes bateu no vidro de meu cubículo e me entregou um grosso envelope pardo onde se lia DRABLOW. Com ele debaixo do braço, mergulhei na sufocante neblina de Londres.

A viagem ao Norte

Como o Sr. Bentley havia dito, não importava a distância nem quão lúgubre era o motivo de minha viagem, ela de fato representava uma fuga da neblina de Londres, e nada era melhor para elevar meu ânimo por antecipação do que a visão daquele grande túnel cavernoso da estação de trem, brilhando como o interior da fornalha de um ferreiro. Ali, tudo era clangor e alegria com os preparativos para a partida. Comprei jornais e periódicos na banca de livros e andei pela plataforma ao lado do trem fumegante a passos leves. A locomotiva, eu me lembro, se chamava Sir Bedivere.

Encontrei um assento no canto de uma cabine vazia, coloquei meu casaco, chapéu e bagagem no compartimento e me sentei muito satisfeito. Quando saímos de Londres, a neblina, embora ainda persistisse sobre os subúrbios, começou a se tornar mais esparsa e fraca, e eu quase gritei de felicidade. A essa altura, alguns outros passageiros haviam se juntado a mim na cabine, mas, após um breve aceno de cabeça, ficaram absortos com jornais e outros documentos assim como eu, de forma que viajamos vários quilômetros tranquilos na direção do coração da Inglaterra. Do outro lado da janela, escureceu rapidamente e, quando as cortinas do vagão foram fechadas, o ambiente ficou aconchegante e encerrado como um escritório iluminado por um abajur.

Em Crewe, troquei de trem com facilidade e segui meu caminho, notando que o trilho começava a desviar para o leste apesar de ainda seguir para o norte, e desfrutei de um agradável jantar. Apenas quando troquei novamente de trem, na ramificação na pequena estação de Homerby, que comecei a me sentir menos confortável, pois ali o ar era bem mais frio, com rajadas de vento do leste e uma chuva desagradável sob seu sopro. O trem no qual eu deveria passar a última hora de minha viagem era um daqueles com vagões antigos, desconfortáveis, estofados com o mais duro dos couros sobre crina de cavalo inflexível, e com prateleiras feitas com ripas de madeira acima. Cheirava a algo frio e bolorento, as janelas estavam sujas, e o chão, encardido.

Até o último segundo, parecia que eu estava sozinho não apenas em meu compartimento, mas em todo o trem, porém, ao soar do apito do guarda, um homem apareceu, olhou rapidamente pelas tristes fileiras de vagões vazios e, finalmente me vendo, entrou, claramente preferindo ter companhia, fechando a porta quando o trem começou a se movimentar. A nuvem de ar úmido e frio que ele deixou entrar aumentou a friagem da cabine, e eu observei que se tratava de uma noite feia enquanto o estranho desabotoava seu sobretudo. Ele me olhou de cima a baixo com curiosidade, mas não de modo hostil, e então olhou para minhas coisas na prateleira antes de acenar em concordância.

— Parece que troquei um clima terrível por outro. Deixei Londres com uma neblina espantosa, e aqui em cima parece estar frio o bastante para nevar.

— Não é neve — disse ele —, até amanhã de manhã o vento vai continuar soprando, e vai levar a chuva com ele.

— Fico feliz em saber.

— Mas se acha que escapou da neblina, está muito enganado. Temos uma bruma ruim nessa parte do mundo.

— Bruma?

— É, bruma. Do mar, névoa do mar. Elas sobem em um instante do mar para a terra pelos brejos. É a natureza desse lugar. Em um minuto está como um dia claro de junho, no outro... — Ele fez um gesto indicando a drástica subitaneidade dessas brumas. — Terrível. Mas se ficar em Crythin, não verá a pior parte.

— Passarei a noite lá, no Gifford Arms. E amanhã de manhã. Espero ver os brejos mais tarde.

E então, não querendo discutir a natureza de meu trabalho com ele, peguei novamente o jornal e o desdobrei com certo alarde. Por algum tempo, ficamos sentados naquele trem desagradável, em silêncio — a não ser pelo ruído do motor, e pelo retinir das rodas sobre os trilhos de metal, por um ou outro assobio e pelo ribombar da chuva como jatos de artilharia leve sobre as janelas.

Comecei a me aborrecer, com a viagem, o frio, de permanecer sentado enquanto era sacudido para todos os lados e de ansiar pela ceia, uma lareira e uma cama quente. Mas na verdade, embora estivesse escondido atrás das páginas, já havia lido todo o jornal, e comecei a especular sobre meu companheiro. Era um homem grande de rosto robusto e mãos enormes de aparência rude. Falava bastante bem, mas tinha um sotaque estranho, que imaginei ser do local. Tomei-o por fazendeiro, ou proprietário de algum pequeno negócio. Estava mais perto dos 60 do que dos 50, e suas roupas eram de boa qualidade, mas de corte insolente, e usava um pesado e proeminente anel de sinete na mão esquerda, o que também parecia uma moda que carregava um toque de vulgaridade. Decidi que ele era um homem que havia feito, ou ganhado sem querer, dinheiro tarde e de forma inesperada, e lhe agradava que o mundo soubesse disso.

Tendo, a meu modo juvenil e meticuloso, analisado e praticamente descartado o homem, deixei minha mente voltar para Londres e para Stella. De resto, estava consciente apenas do frio extremo e da dor em minhas juntas, quando meu companheiro surpreendeu-me dizendo:

— Sra. Drablow.

Baixei o jornal e percebi que sua voz ecoara tão alto pela cabine porque o trem havia parado, e o único som que podia ser ouvido era o uivo do vento e um assobio fraco do vapor, bem distante.

— Drablow. — Ele apontou para o meu envelope pardo, contendo os documentos da Sra. Drablow, que eu havia deixado no assento ao lado.

Confirmei brevemente.

— Não vá me dizer que é um parente?

— Sou seu advogado. — Fiquei satisfeito com o modo como a frase soou.

— Ah! A caminho do funeral?

— Sim.

— Deve ser o único.

Apesar de achar que não devia, queria descobrir mais a respeito, e evidentemente meu companheiro tinha informações.

— Soube que ela não tinha amigos, nem parentes próximos, que ela era um tanto reclusa. Bem, às vezes é o que acontece com as senhoras. Elas se isolam, tornam-se excêntricas. Acho que deve ser por viverem sozinhas.

— Suponho que sim, Sr...?

— Kipps. Arthur Kipps.

— Samuel Daily.

Cumprimentamo-nos com um aceno de cabeça.

— E quando se vive sozinho em um lugar como esse, fica bem mais fácil.

— Ora — eu disse, sorrindo —, não vai começar a me contar histórias estranhas sobre casas abandonadas.

Ele me olhou diretamente.

— Não — disse por fim —, não vou.

Por algum motivo, estremeci. Em especial por causa da franqueza de seu olhar e de seus modos diretos.

— Bem — respondi afinal —, só posso dizer que é triste quando alguém vive 87 anos e não pode contar com alguns rostos amigáveis reunidos em seu funeral!

Passei a mão na janela, tentando ver na escuridão. Parecia que havíamos parado no meio do campo aberto e estávamos enfrentando a força total do vento que uivava por ele.

— A que distância estamos? — Tentei não parecer preocupado, mas estava com uma sensação desagradável de estar isolado de qualquer habitação humana, preso na tumba fria de um vagão de trem, com seu espelho rachado e revestimento de madeira escura todo manchado. O Sr. Daily pegou o relógio.

— Quase 20 quilômetros. Fomos atrasados pelo trem que vinha em sentido contrário no túnel Bocaberta. A colina sobre a qual ele passa é o último pedaço de terreno elevado em quilômetros. Veio para as planícies, Sr. Kipps.

— Vim para a terra onde os lugares têm nomes curiosos, certamente. Pela manhã ouvi falar da Passagem das Nove Vidas e do Brejo da Enguia. Agora, do túnel Bocaberta.

— É uma parte distante do mundo. Não recebemos muitos visitantes.

— Suponho que seja por não ter nada para se ver.

— Tudo depende do que quer dizer com "nada". Há as igrejas submersas e a vila desaparecida — ele riu. —

São exemplos especialmente bons de "nada para ver". Temos também boas ruínas de uma abadia, com um belo cemitério: dá pra ir até lá na maré baixa. Tudo depende de seu gosto!

Está quase me deixando ansioso para voltar àquela neblina de Londres!

Ouviu-se o som do apito do trem.

— Aí vem ele. — E o trem indo de Crythin Gifford para Homerby emergiu do túnel Bocaberta e passou por nós, uma fileira de vagões vazios com luzes amarelas que desapareceram na escuridão, e logo então estávamos novamente seguindo nosso caminho.

— Mas achará Crythin bastante hospitaleira, apesar de ser um lugar simples e pequeno. Ficamos de costas para o vento, e cuidamos de nossos assuntos. Se quiser ir comigo, posso deixá-lo no Gifford Arms; meu carro estará esperando por mim, e é caminho. — Ele parecia ávido por me tranquilizar e compensar pelo exagero quanto à desolação e estranheza da área, e eu agradeci e aceitei a oferta. Depois ambos nos recostamos e retomamos a leitura pelos últimos quilômetros daquela tediosa viagem.

O funeral da Sra. Drablow

Minha primeira impressão da pequena cidade mercante — que na verdade parecia mais uma vila que havia crescido demais — de Crythin Gifford foram nitidamente favoráveis. Quando chegamos naquela noite, o carro do Sr. Samuel, o veículo mais brilhante, espaçoso e luxuoso no qual eu jamais andara, nos levou rapidamente pelas ruas vazias da pequena estação até a praça do mercado, onde paramos em frente ao Gifford Arms.

Quando me preparava para descer, ele me entregou seu cartão.

— Caso precise de alguém...

Agradeci-o, mas enfatizei que seria improvável, pois teria toda a ajuda prática de que precisasse para organizar os documentos da falecida Sra. Drablow de um agente local e não pretendia ficar na região mais que um ou dois dias. O Sr. Daily me olhou fixa e diretamente, mas não disse nada. Para não parecer indelicado, guardei cuidadosamente o cartão no bolso do colete.

Só então ele deu ordens para seu motorista seguir em frente.

"Você achará Crythin bastante hospitaleira", ele havia dito antes, e assim foi. Quando avistei a lareira e a espaçosa poltrona diante dela na sala da hospedaria, e encontrei outra esperando para me aquecer no quarto agradavelmente mobiliado no andar de cima da casa, meu ânimo se elevou, e comecei a me sentir mais como um homem de férias do que um que veio para um funeral e para as melancólicas tarefas relacionadas à morte de uma cliente. O vento havia se acalmado, ou pelo menos não podia ser ouvido no abrigo das construções ao redor da praça do mercado, e o desconforto e o rumo misterioso da conversa durante a viagem desapareceram como um sonho ruim.

O dono da hospedaria recomendou uma taça de vinho quente, que bebi sentado ao lado da lareira, ouvindo o murmúrio de vozes que vinham do outro lado de uma pesada porta que levava ao bar, e sua esposa me fez salivar de antecipação ao propor a ceia: caldo caseiro, contrafilé, torta de maçã, passas com creme e um pouco de queijo Stilton. Enquanto esperava, escrevi um breve bilhete carinhoso a Stella, que colocaria no correio na manhã seguinte, e enquanto comia entusiasticamente, fiquei pensando no tipo de casa em que teríamos condições de morar após o casamento, se o Sr. Bentley continuasse a me dar tanta responsabilidade na empresa, de forma que eu me sentisse no direito de pedir um aumento de salário.

Em suma, e com a meia garrafa de clarete que acompanhou minha ceia, preparei-me para ir para a cama animado, feliz e satisfeito.

— Suponho que esteja aqui para o leilão, senhor. — O dono esperava na porta para me desejar boa noite.

— Leilão?

Ele pareceu surpreso:

— Ah, eu pensei que tivesse vindo para isso. Haverá um grande leilão de várias fazendas que ficam ao sul, e amanhã é também dia de mercado.

— Onde será o leilão?

— Pois será aqui mesmo, Sr. Kipps, no bar, às 11h. Sempre temos leilões aqui em Gifford Arms, mas faz muitos anos que não há um assim tão grande. Depois serviremos o almoço. Esperamos vender mais de quarenta refeições em dias de mercado, mas será um pouco mais do que isso amanhã.

— Então lamento não poder comparecer. No entanto, espero conseguir passear pelo mercado.

— Não quis me intrometer, senhor, é que eu tinha certeza que havia vindo para o leilão.

— Não há problema; é natural que tenha achado isso. Mas às 11h de amanhã receio ter um compromisso triste. Vim para um funeral; o da Sra. Drablow, da Casa do Brejo da Enguia. Talvez já tenha ouvido falar dela.

Seu rosto vacilou com uma expressão... de quê? Temor, talvez? Suspeita? Não posso dizer, mas o nome mexeu com alguma emoção forte nele, a qual ele se empenhou para esconder todos os sinais imediatamente.

— Ouvi falar — disse, calmamente.

— Represento sua empresa de advogados. Nunca a conheci. Ouvi que se mantinha afastada na maior parte do tempo.

— Não poderia ser de outra maneira, morando ali — Então ele virou-se abruptamente na direção do bar.

— Desejo-lhe uma boa noite, senhor. Podermos servir o desjejum a qualquer hora da manhã, para sua conveniência.

E me deixou sozinho. Fiz um movimento para chamá-lo de volta, pois fiquei curioso e um pouco irritado com sua atitude, e pensei em tentar extrair dele o que exatamente quisera dizer com aquilo. Mas eu estava cansado e descartei a ideia, colocando suas observações no âmbito de histórias locais e bobagens que saíram de proporção, como acontece em comunidades pequenas e afastadas que contam apenas consigo mesmas para os melodramas e mistérios que extraem da vida. Mas devo confessar que naquela época eu tinha o senso de superioridade dos londrinos, a crença malformada de que os homens do campo, e particularmente aqueles dos cantos remotos de nossa ilha, eram mais supersticiosos, mais crédulos, mais lerdos, menos sofisticados e mais primitivos do que nós, cosmopolitas. Sem dúvidas, em um lugar como aquele, com seus brejos assustadores, neblinas repentinas, ventos que lembravam lamentos e casas abandonadas, qualquer pobre senhora pode ser vista com desconfiança. Em algum momento, afinal, ela fora taxada de bruxa, e lendas e contos locais deviam correr por aí, como um folclore em que ainda se acreditava um pouco.

É verdade que nem o Sr. Daily nem o dono da hospedaria pareciam homens obstinados que se fiavam no senso comum, assim como devo admitir que nenhum dos dois fez nada além de me olhar com firmeza, de um modo um pouco estranho, quando surgiu o assunto da Sra. Drablow. Todavia, eu não tinha dúvida de que havia algum significado no que *não* fora dito.

De modo geral, aquela noite, com o estômago cheio de comida caseira, um agradável torpor induzido pelo bom vinho e a visão da lareira e das cobertas viradas sobre a cama macia, senti-me inclinado a deixar-me desfrutar de tudo aquilo, e a divertir-me com o toque de tempero e cor local em minha expedição, e caí no sono em paz. Ainda consigo me lembrar da sensação de cair nos braços acolhedores do sono, cercado de calor e suavidade, feliz e seguro como uma criança pequena em seu quarto. Lembro-me também de acordar na manhã seguinte, abrindo os olhos e vendo raios de luz invernal batendo no teto branco inclinado, e a deliciosa sensação de sossego e alívio na mente e nos membros. Talvez me lembre dessas sensações com mais vividez devido ao contraste que apresentaram com o que estava por vir. Se soubesse que minha noite tranquila de sono seria a última assim, que tantas noites aterrorizantes, torturantes e incômodas viriam, talvez não tivesse pulado da cama com tanto entusiasmo, ansioso para descer e tomar o café da manhã, e depois sair para dar início ao dia.

De fato, mesmo agora mais velho, ainda que esteja feliz e em paz em minha casa em Monk's Piece, e com minha querida esposa Esmé, como qualquer homem espera estar, e embora agradeça a Deus todas as noites pelo fim daquilo tudo, por se tratar de um passado distante que não voltará, *não pode* voltar, acredito que nunca mais tenha dormido tão bem como naquela noite na hospedaria de Crythin Gifford. Hoje sei que eu ainda estava em um estado de inocência, mas que a inocência, uma vez perdida, está perdida para sempre.

O brilho do sol que enchia o quarto quando abri as cortinas floridas não era um visitante efêmero do início da manhã. Ao contrário da neblina de Londres, e do vento e da chuva da viagem da noite anterior até ali, o clima era bastante diferente, como o Sr. Daily havia previsto com tanta certeza.

Embora estivéssemos no início de novembro e aquele fosse um canto frio da Inglaterra, quando coloquei os pés para fora de Gifford Arms após desfrutar de um café da manhã excepcional, o ar estava fresco e límpido e o céu tão azul quanto o ovo de um melro. A cidadezinha era, em sua maior parte, construída em pedra ardósia cinza um tanto quanto austera, e era também baixa, com casas amontoadas e de frente umas para as outras. Vagueei pelo lugar, descobrindo seu estilo — algumas ruas ou vielas estreitas começavam em cada um dos cantos da pequena praça do mercado onde se situava o hotel e que agora estava sendo tomada por cercados, bancas, carrinhos, carroças e trailers, em preparação para a feira. De todos os lados ouvia-se gritos de um homem para o outro enquanto martelavam cercas temporárias, transportavam toldos para cobrir bancas, empurravam carrinhos sobre o chão de pedra. Era a visão mais alegre e significativa de que eu dispunha para desfrutar, e andei por ali apreciando tudo. Mas quando saí da praça e segui por uma das vielas, todos os sons sumiram de uma só vez, de forma que tudo o que eu escutava eram meus próprios passos diante das casas silenciosas. Não havia elevação ou declive em nenhuma parte. Crythin Gifford era completamente plana, mas chegando de repente ao fim de uma das ruas estreitas, vi-me em área aberta, enxergando campo após campo até o fim do horizonte. Entendi então o que o Sr. Daily quis dizer com a cidade estar posicionada de costas para o vento, pois, de fato, tudo o que se podia ver dali era a parte de trás das casas, das lojas e dos principais edifícios públicos da praça.

Havia um pouco de calor no sol do outono, e as poucas árvores que via, todas ligeiramente inclinadas, vencidas pelo vento, ainda tinham algumas folhas marrons e douradas penduradas na ponta dos galhos. Fiquei imaginando como o lugar seria sombrio, cinza e lúgubre durante a chuva úmida e a névoa, como seria surrado por dias a fio por aquelas ventanias que vinham varrendo o campo aberto, como seria completamente arrasado pelas nevascas. Naquela manhã, havia novamente procurado Crythin Gifford no mapa. Ao norte, sul e oeste havia um vazio rural — por muitos quilômetros: 20 até Homerby, o lugar mais próximo com algum tamanho considerável, 50 até uma cidade grande, ao sul, e cerca de 10 até qualquer outro vilarejo. A leste, havia apenas brejos, o estuário, e depois o mar. Certamente não serviria para passar mais de um dia ou dois, mas enquanto voltava em direção à feira, senti-me em casa e contente ali, renovado pela claridade do dia e fascinado por tudo o que via.

Quando voltei ao hotel, descobri que em minha ausência um bilhete havia sido deixado pelo Sr. Jerome, o agente que havia auxiliado nos negócios envolvendo propriedade e terras feitos pela Sra. Drablow e que me acompanharia ao funeral. De modo educado e formal, ele sugeriu voltar às 10h40 para me levar à igreja e então, esperando que chegasse a hora, fiquei sentado próximo à janela da sala de Gifford Arms lendo o jornal e observando os preparativos da feira. Dentro do hotel também havia muita atividade, que imaginei ter relação com o leilão. Da cozinha, quando as portas se abriam, vinham os doces cheiros do cozimento, da carne assando e da fornada de pão, de tortas, massas e bolos, e da sala de jantar vinha o alarido das louças. Às 10h15, a calçada começou a encher-se de fazendeiros de aparência bem-sucedida vestindo ternos de *tweed*, cumprimentando-se, apertando a mão uns dos outros, e acenando vigorosamente com a cabeça ao conversar.

Estava triste por precisar me afastar de tudo, vestindo terno e sobretudo escuros e formais, com uma faixa no braço, gravata pretas e chapéu preto nas mãos, quando o Sr. Jerome chegou — não havia como confundi-lo devido à similar insipidez de seus trajes. Trocamos apertos de mão e saímos para a rua. Por um instante, parado ali olhando para a cena colorida e movimentada diante de nós, senti-me como um espectro em um banquete animado, e que nossa aparência em meio a homens usando roupas do dia a dia ou do campo era a de um par de corvos soturnos. E, de fato, aquele era o efeito que parecíamos ter em todos os que nos viam. Ao passar pela praça, éramos foco de olhadelas inquietas, os homens se afastavam um pouco de nós e ficavam em silêncio e rígidos, interrompendo suas conversas, de modo que comecei a me sentir infeliz, como um tipo de pária, e fiquei satisfeito em sair dali e seguir por uma das ruas calmas que levavam, conforme indicou o Sr. Jerome, diretamente à paróquia.

Ele era um homem particularmente pequeno, media 1,60 metro no máximo e tinha uma cabeça extraordinária, redonda, bem ornada atrás com cabelos ruivos, como um tipo de trançado rústico em volta de um abajur. A idade podia estar perto tanto dos 35 quanto dos 57, suas maneiras eram brandas e formais e a expressão um tanto quanto fechada não revelava absolutamente nada de sua personalidade, humor ou pensamentos. Era cortês, sistemático e falador, mas não íntimo. Perguntou no caminho sobre o conforto de Gifford Arms, sobre o Sr. Bentley e sobre o clima de Londres. Disse-me o nome do sacerdote que conduziria o funeral, o número de propriedades — cerca de meia dúzia — que a Sra. Drablow possuía na cidade e nas redondezas. E ainda assim, não me disse nada, nada pessoal, nada revelador, nada muito interessante.

— Suponho que ela será enterrada no cemitério da igreja, é isso? — perguntei.

O Sr. Jerome me olhou de canto de olho, e notei que ele tinha olhos muito grandes e levemente protuberantes e pálidos, de uma cor entre o azul e o cinza, que me lembrava ovos de gaivota.

— É isso mesmo, sim.

— Há uma sepultura da família?

Ele ficou em silêncio por um instante, olhando para mim novamente com atenção, como se tentasse descobrir se havia algum significado por trás da aparente franqueza da pergunta. E então disse:

— Não. Pelo menos... não aqui, não no cemitério desta igreja.

— Em algum outro lugar?

— Ela... não está mais em uso — disse, após alguma deliberação. — A área não é adequada.

— Receio não ter entendido bem...

Mas nesse momento vi que havíamos chegado à igreja, na qual se entrava por um pesado portão de ferro, entre dois teixos salientes, localizada no fim de um caminho bastante longo e reto. De cada um dos lados, e em toda a lateral direita, ficavam as lápides, mas à esquerda havia algumas construções que supus serem o salão da igreja e — a mais próxima — a escola, com um sino pendurado na parede e, no interior, o som de vozes de crianças.

Fui obrigado a suspender minha curiosidade quanto à família Drablow e ao local onde eram enterrados seus membros e adotar, como o Sr. Jerome, uma expressão fúnebre profissional enquanto andávamos com passos calculados até a entrada da igreja. Ali, por cerca de 5 minutos que pareceram muito mais, esperamos sozinhos até o carro funerário abrir o portão. No interior da igreja, o pároco surgiu diante de nós e, juntos, nós três assistimos ao cortejo monótono dos agentes funerários carregando o caixão da Sra. Drablow e vindo lentamente em nossa direção.

Foi realmente uma cerimoniazinha melancólica, com pouquíssima gente, em uma igreja fria, e eu tremia ao pensar mais uma vez em como era indescritivelmente triste que o fim de toda uma vida humana, do nascimento à infância, passando pela maturidade adulta, até a idade avançada, não fosse marcado por parentes ou amigos próximos, apenas por dois homens conectados por nada além de negócios, um dos quais nunca colocou os olhos naquela mulher durante sua vida, além daqueles presentes devido a uma ainda mais deprimente atividade profissional.

No entanto, mais para o final, ao ouvir um leve ruído atrás de mim, virei-me um pouco, discretamente, e vi mais uma enlutada, uma mulher, que deve ter entrado na igreja depois que nós, os participantes do funeral, tomamos nossos lugares, e que se sentou várias fileiras atrás, sozinha, muito ereta e silenciosa, sem portar bíblia. Sua roupa era de um preto intenso, ao estilo fúnebre completo que já saiu de moda a não ser, imagino, em círculos reais durante ocasiões muito formais. Na verdade, parecia ter sido claramente desenterrada do fundo de algum baú velho ou guarda-roupa, pois sua tonalidade negra parecia um pouco enferrujada. Um tipo de touca cobria sua cabeça e ocultava seu rosto, mas, embora eu não tenha olhado fixamente, mesmo uma leve espiada era o suficiente para reconhecer que a mulher estava sofrendo de uma terrível doença debilitante, pois não apenas estava extremamente pálida, muito além do que se poderia atribuir a um mero contraste com a negrura das vestes, mas a pele e, ao que parecia, apenas uma camada muito fina dela, estava extremamente esticada nos ossos, de forma que emitia um brilho azul-esbranquiçado, e os olhos pareciam afundados na cabeça. As mãos apoiadas no banco da frente estavam em estado similar, como se ela tivesse sofrido de inanição. Embora não fosse médico, havia ouvido falar de certas doenças que causavam danos terríveis assim, tal estrago na pele, e sabia que muitas vezes elas eram consideradas incuráveis. Parecia comovente que uma mulher que talvez estivesse perto de sua própria morte se arrastasse ao funeral de outra. Ela não parecia velha. O efeito da doença fazia com que fosse difícil estimar sua idade, mas era possível que não tivesse mais de 30 anos. Antes de me virar, prometi que após o funeral falaria com ela e veria se não podia ajudar de alguma forma. Porém, quando estávamos nos preparando para sair, seguindo o pároco e o caixão para fora da igreja, ouvi novamente o ruído de panos e percebi que a mulher desconhecida rapidamente se retirara e fora até o túmulo aberto, mas esperava a alguns metros de distância, junto a uma lápide abandonada, coberta de musgo, na qual se apoiava levemente. Sua aparência, mesmo sob a límpida luz do sol, o relativo calor e a claridade do lado de fora, era tão pateticamente debilitada, tão pálida e esquelética devido à doença, que não seria de bom-tom ficar olhando. Ainda havia um fraco rastro de seus traços, um sinal persistente de uma beleza anterior que não poderia ser desconsiderada, que deveria fazê-la sentir sua atual condição de forma mais intensa, como ocorreria a uma vítima de varíola ou de alguma queimadura desfiguradora.

Bem, pensei, há alguém que se importa afinal, e quem sabe com que intensidade o faz? E certamente tamanho entusiasmo e bondade, um dedicação tão corajosa e altruísta, não passarão despercebidos ou sem recompensa se houver alguma verdade nas palavras que acabamos de escutar na igreja.

Então desviei o olhar da mulher e voltei para onde o caixão era baixado ao solo, inclinei a cabeça e rezei com uma repentina onda de preocupação pela alma daquela mulher solitária e por uma benção sobre nosso diminuto círculo.

Quando olhei novamente para a frente, vi um melro sobre o arbusto a alguns metros de distância, e ouvi-o abrir o bico para soltar um pouco de música animada na luz do sol de novembro. E então tudo se acabou, estávamos nos afastando do túmulo, eu um passo atrás do Sr. Jerome, pois pretendia esperar pela mulher de aparência doente e oferecer meu braço para acompanhá-la. Mas ela não estava em lugar algum.

Enquanto eu fazia minhas preces e o clérigo dizia as palavras finais das exéquias, ela deve ter ido embora, tão discretamente como chegou, talvez não querendo nos interromper ou chamar atenção para si.

No portão da igreja, nos demoramos por alguns instantes, conversando educadamente, trocando cumprimentos, e tive a chance de olhar em volta e notar que, em um dia claro como aquele, era possível ver muito além da igreja e do cemitério, até onde os brejos abertos e a água do estuário emitiam um brilho prateado, ainda mais forte ao se aproximar da linha do horizonte, onde o céu era quase branco e ligeiramente cintilante.

Depois, olhando novamente para o outro lado da igreja, outra coisa chamou minha atenção. Em fila ao longo das cercas de ferro que contornavam o pequeno pátio de cimento da escola estavam mais ou menos vinte crianças, separadas por uma pequena distância. Era uma fileira de rostos pálidos, solenes, com olhos grandes e redondos que haviam observado sabe-se lá quantas cerimônias fúnebres, e suas mãozinhas seguravam firme na cerca. Todas estavam em silêncio, praticamente imóveis. Era uma visão extraordinariamente séria e tocante, elas eram muito diferentes do que crianças normalmente são: animadas e despreocupadas. Olhei uma delas nos olhos e sorri, gentilmente. Ela não sorriu de volta.

Vi que o Sr. Jerome esperava educadamente por mim no caminho e segui rapidamente atrás dele.

— Diga-me, aquela outra mulher... — eu disse ao alcançá-lo. — Espero que consiga chegar bem em casa... ela parecia incrivelmente doente. Quem era ela?

Ele franziu a testa.

— A jovem com o rosto abatido — insisti —, no fundo da igreja e depois no cemitério, a alguns metros de nós.

O Sr. Jerome parou de repente. Ele me encarou.

— Uma jovem?

— Sim, sim, com a pele esticada sobre os ossos, eu mal podia olhar pra ela... era alta, usava uma espécie de touca... Suponho que fosse para tentar esconder o rosto o máximo possível, coitada.

Durante alguns segundos naquela via quieta e vazia, sob o sol, houve um silêncio tão grande como se estivéssemos novamente dentro da igreja, um silêncio tão profundo que ouvi a pulsação do sangue nos canais de meus próprios ouvidos. O Sr. Jerome parecia paralisado, pálido, e sua garganta se mexia como se ele fosse incapaz de falar.

— Algum problema? — perguntei rapidamente. — Você não parece estar muito bem.

Ele conseguiu finalmente balançar a cabeça — quase posso dizer que ele balançou a si mesmo, como se fizesse um esforço extremo para se recompor após sofrer um choque momentâneo, embora a cor não tenha voltado ao seu rosto e o canto de seus lábios tivessem um quê de azul.

Por fim, ele disse em voz baixa:

— Eu não vi nenhuma jovem.

— Mas, certamente... — E olhei para trás, para o cemitério da igreja, e lá estava ela novamente. Consegui ver de relance seu vestido preto e o contorno de sua touca. Então no fim das contas ela não havia ido embora, apenas se escondera atrás de um dos arbustos ou lápides, ou em algum outro lugar nas sombras da igreja, esperando até que tivéssemos saído para poder fazer o que fazia naquele momento: ficar ao pé do túmulo no qual o corpo da Sra. Drablow havia acabado de ser colocado para repousar, olhando para baixo. Perguntei-me novamente que relação teria com ela, que história esquisita poderia estar por trás de sua visita sorrateira e que extremos de tristeza ela estaria sofrendo, ali sozinha.

— Veja — eu disse, e apontei —, lá está ela novamente... não deveríamos... — fui interrompido quando o Sr. Jerome agarrou meu pulso e segurou-o com uma força agonizante, e, olhando para o seu rosto, tive certeza de que ele estava prestes a desmaiar, ou sofrer algum tipo de ataque.

Comecei a olhar loucamente ao redor, pela via deserta, imaginando o que poderia fazer, onde poderia ir ou pedir ajuda. Os agentes funerários haviam ido embora. Atrás de mim havia apenas uma escola de crianças pequenas e uma jovem mortalmente doente, abalada emocional e fisicamente; ao meu lado, um homem quase tendo um colapso. A única pessoa que podia alcançar era o sacerdote, em algum lugar na igreja e, se fosse chamá-lo, teria que deixar o Sr. Jerome sozinho.

— Sr. Jerome, pode se apoiar em meu braço... E eu agradeceria se apertasse um pouco menos meu pulso... se puder dar apenas alguns passos até a entrada... da igreja... eu vi um banco ali, um pouco depois do portão, pode descansar e se recuperar enquanto vou atrás de ajuda... de um carro...

— Não! — ele quase guinchou.

— Mas, meu caro!

— Não. Peço desculpas... — Ele começou a respirar fundo e um pouco da cor foi voltando gradualmente ao seu rosto. — Desculpe-me. Não foi nada... um mal-estar passageiro... seria melhor se pudesse me acompanhar até meu escritório, na Penn Street, perto da praça.

Ele parecia agitado, ansioso para se afastar da igreja e de seus arredores.

— Se tem certeza...

— Tenho certeza. Venha... — E ele começou a andar rapidamente na minha frente, tão rápido que fui pego de surpresa e tive que correr um pouco para alcançá-lo. Naquele ritmo, levou apenas alguns minutos para chegarmos à praça, onde a feira estava no auge do barulho, e mergulhamos de uma vez no tumulto dos veículos, na gritaria de vozes de leiloeiros, feirantes e compradores e todo tipo de balido, zurro, grasnada, cacarejo e relincho de dezenas de animais. Ao ver e ouvir tudo aquilo, notei que o Sr. Jerome parecia melhor e, quando chegamos à entrada do Gifford Arms, parecia quase animado, irrompendo em alívio.

— Acredito que mais tarde me levará à Casa do Brejo da Enguia — disse, depois de insistir que almoçasse comigo e ter meu convite recusado.

Sua cara se fechou novamente. Ele disse:

— Não. Eu não devo ir até lá. Você pode cruzar a qualquer momento depois das 13h. Keckwick virá buscá-lo. Ele sempre foi o intermediário para aquele lugar. Imagino que tenha uma chave?

Fiz um movimento afirmativo com a cabeça.

— Devo começar olhando os papéis da Sra. Drablow e colocando-os em algum tipo de ordem, mas acho que serei obrigado a cruzar novamente amanhã e talvez no dia seguinte. Talvez o Sr. Keckwick possa me levar de manhã cedo e me deixar lá o dia inteiro. Terei que me ambientar ao local.

— Será obrigado a se adequar às marés. Keckwick lhe dirá.

— Por outro lado — eu disse —, se tudo indicar que demorará mais do que o previsto, talvez eu possa simplesmente ficar na casa. Alguém teria alguma objeção? Parece ridículo esperar que esse homem fique indo e vindo por minha causa.

— Eu acho — disse o Sr. Jerome cuidadosamente — que achará mais confortável continuar hospedado aqui.

— Bem, eles certamente me receberam bem e a comida é de primeira. Talvez esteja certo.
— Creio que sim.
— Contanto que não cause nenhum tipo de inconveniência.
— Verá que o Sr. Keckwick é muito prestativo.
— Muito bem.
— Embora não seja muito comunicativo.
Eu sorri.
— Ah, estou ficando bem acostumado com isso. — E depois de apertar a mão do Sr. Jerome, fui almoçar com algumas dezenas de fazendeiros.

Era uma ocasião festiva e barulhenta, com todos sentados em três mesas compridas cobertas com longas toalhas brancas e gritando uns para os outros em todas as direções sobre assuntos da feira, enquanto meia dúzia de garotas passava de lá para cá carregando pratos de carne de vaca e porco, tigelas de sopa, travessas de vegetais, jarros de molho e canecas de cerveja, dezenas de uma vez, em grandes bandejas. Embora não conhecesse uma alma naquele lugar e me sentisse um pouco deslocado, especialmente usando meus trajes de funeral em meio a *tweeds* e veludos cotelê, ainda assim apreciei bastante a ocasião, em parte, é claro, devido ao contraste entre aquela situação alegre e os acontecimentos um tanto quando desalentadores daquela manhã. Grande parte da conversa poderia muito bem ter sido em língua estrangeira, pois tudo o que eu entendia eram referências a peso, produção e raças, mas, enquanto desfrutava do excelente almoço, fiquei feliz em escutar ainda assim, e quando meu vizinho da esquerda me passou um enorme queijo Cheshire indicando para eu me servir, perguntei-lhe a respeito do leilão que havia acontecido mais cedo na hospedaria. Ele fez uma careta.

— O leilão correu de acordo com as expectativas, senhor. Devo supor que tenha interesse nas terras?

— Não, não. Pergunto apenas porque o dono da hospedaria mencionou o leilão ontem à noite. Entendi que seria uma venda muito importante.

— Foram muitos hectares. Metade das terras do lado de Crythin que fica para as bandas de Homerby, e vários quilômetros a leste também. Quatro fazendas.

— E essas terras daqui são valiosas?

— Algumas são, senhor. Essas eram. Em uma região onde a maior parte é inútil porque é tudo brejo e salina e não se pode drenar de modo algum, terras boas e cultiváveis são valiosas, cada centímetro delas. Há muitos homens decepcionados aqui hoje.

— Suponho que seja um deles.

— Eu? Não. Estou satisfeito com o que tenho, e mesmo se não estivesse não faria diferença, pois não tenho dinheiro para comprar mais. Além disso, não sou louco de concorrer com alguém como ele.

— Está falando do comprador?

— Sim.

Segui seu olhar até a outra mesa.

— Ah! O Sr. Daily. — Pois sentado na outra ponta, reconheci meu companheiro de viagem da noite anterior, segurando uma caneca e percorrendo a sala com expressão satisfeita.

— Conhece ele?

— Não. Encontramo-nos rapidamente. Ele é um grande proprietário de terras daqui?

— É sim.

— E é malquisto por causa disso?

Meu vizinho ergueu seus largos ombros, mas não respondeu.

— Bem — eu disse —, se ele está comprando metade da região, suponho que estarei fazendo negócios com ele antes que o ano termine. Sou advogado e estou cuidando dos negócios da finada Sra. Alice Drablow, da Casa do Brejo da Enguia. É bem possível que sua propriedade seja colocada à venda em breve.

Por um instante, meu companheiro nada disse, apenas passou manteiga em um grosso pedaço de pão e acomodou os pedaços de queijo com cuidado. Vi pelo relógio na outra parede que eram 13h30, e eu queria trocar de roupa antes da chegada do Sr. Keckwick, então estava prestes a pedir licença e sair quando meu vizinho falou:

— Duvido — disse, em tom comedido — que mesmo Samuel Daily vá tão longe.

— Acho que não entendi muito bem. Ainda não vi toda a extensão das terras da Sra. Drablow... Suponho que haja uma fazenda a alguns quilômetros da cidade...

— Hoggetts! — disse ele, em tom de quem descarta o assunto. — Vinte hectares, sendo metade inundada na maior parte do ano. Hoggetts não é nada, e está arrendada pelo resto de sua vida.

— Há também a Casa do Brejo da Enguia e todas as terras que a cercam; seriam praticáveis para o cultivo?

— Não, senhor.

— Bem, é possível que o Sr. Daily simplesmente queira acrescentar um pouco mais ao seu império, apenas para poder dizer que comprou. Você deu a entender que ele é esse tipo de homem.

— Talvez seja. — Ele limpou a boca no guardanapo. — Mas permita-me dizer que não encontrará ninguém, nem mesmo o Sr. Sam Daily, querendo se meter com essas coisas.

— E posso perguntar por quê?

Perguntei de forma um tanto quanto severa, pois estava ficando impaciente com as meias-alusões e murmúrios velados feitos por homens adultos à menção da Sra. Drablow e suas propriedades. Eu estava certo, aquele era exatamente o tipo de lugar onde superstição e tagarelice eram comuns e até permitia-se que se sobrepusessem ao bom-senso. Neste momento, eu esperava que o vigoroso fazendeiro à minha esquerda sussurrasse que talvez pudesse contar uma história, ou que não poderia, mesmo se quisesse... Mas, em vez de responder minha pergunta, ele me deu as costas e começou uma complicada discussão sobre colheitas com o vizinho do outro lado e, irritado com o agora familiar mistério e disparate, levantei-me abruptamente e saí da sala. Dez minutos depois, trocando o terno de funeral por roupas mais confortáveis, eu estava parado na calçada, esperando a chegada do veículo conduzido por um homem chamado Keckwick.

Pela passagem

Nenhum carro apareceu. Em vez disso, parou em frente ao Gifford Arms uma carroça um tanto quanto gasta e surrada. Não se destacava nem um pouco na praça do mercado — eu havia notado inúmeros veículos como aquele de manhã — e, imaginando que ela pertencesse a algum fazendeiro, não prestei atenção e continuei a olhar ao redor procurando por um automóvel. Então ouvi meu nome ser chamado.

O pônei era uma criatura pequena e peluda, usando antolhos. O condutor, que vestia um grande chapéu afundado até as sobrancelhas e um casaco marrom longo e felpudo não parecia muito diferente, misturava-se a todo o comboio. Deleitei-me com a visão, ansioso pelo passeio, e subi cheio de entusiasmo. Keckwick mal olhara para mim e então, apenas presumindo que eu estava sentado, fez um ruído com a boca para o pônei e partiu, saindo da movimentada praça do mercado e seguindo pela viela que levava à igreja. Ao passarmos por ela, tentei dar uma espiada no túmulo da Sra. Drablow, mas alguns arbustos bloquearam minha visão. Lembrei-me também daquela jovem solitária de aparência debilitada e da reação do Sr. Jerome quando falei dela. Porém, em poucos instantes estava demasiado entretido com o presente e com as cercanias para especular mais sobre o funeral e seus desdobramentos, pois havíamos entrado em campo aberto e Crythin Gifford havia ficado para trás, pequena e encerrada em si mesma. Naquele momento, tudo ao nosso redor, acima e mais além parecia céu. Céu e apenas uma faixa estreita de terra. Eu via essa parte do mundo como aqueles grandes pintores de paisagens viam a Holanda, ou os campos que cercavam Norwich. Naquele dia não havia nenhuma nuvem, mas eu podia imaginar como a enorme e taciturna superfície do céu ficaria magnífica com nuvens cinzentas de chuva e a tempestade escurecendo o estuário, como seria durante as enchentes de fevereiro quando os brejos ficassem cinza-chumbo e o céu escorresse para dentro deles, e no tempo dos ventos fortes de março, em que a luz esmaecia, e só havia sombra atrás de sombra pelos campos lavrados.

Naquele dia, tudo estava claro e iluminado e havia um leve sol por toda a parte, embora a luz estivesse pálida, o céu tivesse perdido o azul vivo da manhã e se tornado quase prateado. Conforme percorríamos velozmente o campo absolutamente plano, eu mal podia ver uma árvore, mas as cercas de arbustos eram escuras, baixas e cheias de ramos, e a terra que havia sido lavrada era, à primeira vista, de um marrom rico, com sulcos retos. Mas gradualmente o solo deu lugar a uma grama áspera, eu comecei a ver diques e canais cheios d'água e logo estávamos nos aproximando dos brejos propriamente ditos. Eram silenciosos, calmos e brilhavam sob o sol de novembro, e pareciam se estender em todas as direções, até onde eu podia ver, e fundir-se sem interrupção com as águas do estuário, e com a linha do horizonte.

Fiquei atordoado pela simples e impressionante beleza, com sua amplitude desguarnecida. A noção de espaço, a vastidão do céu acima e de todos os lados fez meu coração acelerar. Eu teria viajado milhares de quilômetros para ver isso. Nunca havia imaginado um lugar como aquele.

Os únicos sons que conseguia ouvir além do trote dos cascos do pônei, do ruído das rodas e do rangido da carroça eram gritos repentinos, ásperos e estranhos de pássaros próximos e distantes. Talvez tenhamos viajado quase 5 quilômetros sem passar por qualquer fazenda ou casa, nenhum tipo de domicílio, apenas o vazio. Então as cercas vivas desapareceram e parecíamos estar seguindo na direção do fim do mundo. Adiante, a água brilhava como metal e eu comecei a distinguir uma trilha, mais ou menos como o rastro deixado por um barco que a houvesse atravessado. Ao chegarmos mais perto, vi que a água estava bem rasa sobre a areia ondulada de ambos os lados e que a linha era, na verdade, uma trilha estreita que seguia em frente, como se entrasse no próprio estuário. Ao deslizarmos por cima dela, dei-me conta que devia ser a Passagem das Nove Vidas — não poderia ser outra coisa — e vi porque, quando a maré subisse, ela ficaria totalmente submersa e impossível de ser encontrada.

Primeiro o pônei e depois a carroça passaram sobre o caminho de areia. O barulho considerável que vínhamos fazendo cessou, de modo que seguimos quase em silêncio, a não ser por algo como um assobio delicado. Havia conglomerados de junco aqui e ali, esbranquiçados como ossos, e de vez em quando até o mais fraco dos ventos fazia com que sacudissem com um barulho seco. O sol em nossas costas refletia na água de modo que tudo brilhava e resplandecia como a superfície de um espelho, e o céu se tornara rosado nos cantos, o que, por sua vez, se refletia no brejo e na água. Então, como tudo estava tão claro a ponto de machucar os olhos caso eu continuasse olhando diretamente, voltei-me para a frente e vi, como se emergisse da água, uma casa fina e comprida de pedras cinza e telhado de ardósia que brilhava como metal sob a luz. Parecia um farol ou um pequeno forte diante de toda a extensão de brejo e estuário, a casa com a localização mais espantosa que eu já havia visto ou pudesse conceber, isolada, firme, mas também — pensei — bela. Ao nos aproximarmos, vi que o terreno sobre o qual fora construída era um pouco elevado, cercando-a de todos os lados com 200 ou 300 metros de grama descolorida pelo sal e, em seguida, cascalho. Essa pequena ilha estendia-se ao sul, por uma área de cerrado e campo na direção do que pareciam partes de ruínas de alguma igreja ou capela antiga.

Houve um atrito grosseiro quando a carroça subiu nas pedras, e então parou. Havíamos chegado à Casa do Brejo da Enguia.

Por um instante ou dois simplesmente fiquei sentado olhando em volta com admiração, sem escutar qualquer coisa a não ser o fraco lamento do vento de inverno que atravessava o brejo e o repentino roque-roque de um pássaro escondido. Fui tomado por uma sensação estranha, de empolgação misturada com temor... Era incapaz de dizer exatamente o que era. Certamente sentia solidão, pois apesar do calado Keckwick e do pônei peludo, senti-me bastante sozinho diante daquela casa comprida e vazia. Mas eu não estava com medo — o que poderia temer naquele lugar tão belo e raro? O vento? O grito dos pássaros do brejo? O junco e a água parada?

Desci da carroça e andei até o homem.

— Por quanto tempo a passagem continuará transitável?

— Até às 17h.

Eu não poderia fazer muito mais do que dar uma olhada, ambientar-me à casa e começar a procurar pelos documentos até que já fosse hora de Keckwick voltar para me buscar. Não queria sair tão cedo assim. Eu estava fascinado pelo lugar e queria que Keckwick fosse embora para que eu pudesse perambular livre e lentamente, absorver tudo com todos os sentidos e sozinho.

— Ouça — disse eu, tomando uma decisão repentina —, é ridículo que tenha que me levar e buscar todos os dias. A melhor coisa seria eu trazer minhas malas, alguma comida e bebida, e passar umas noites aqui. Desse modo posso terminar meu trabalho de forma muito mais eficiente e você não será incomodado. Voltarei com você hoje à tarde, e amanhã será que poderia me trazer de volta o mais cedo possível, de acordo com as marés?

Esperei. Imaginei se ele me impediria ou argumentaria, tentando me dissuadir da empreitada com sombrias insinuações. Ele pensou por alguns instantes, mas deve ter reconhecido a firmeza da minha decisão, pois simplesmente confirmou com a cabeça.

— Ou talvez prefira esperar aqui por mim agora? Devo demorar algumas horas. Cabe a você decidir o que seria mais conveniente.

Como resposta, ele simplesmente puxou as rédeas do pônei e começou a virar a carroça. Minutos depois, estavam retirando-se pela passagem, figuras cada vez menores na imensidão e na amplitude do brejo e do céu, e eu havia me virado e andado até a frente da Casa do Brejo da Enguia, tocando com a mão esquerda o molho de chaves que estava em meu bolso.

Mas não entrei. Não queria entrar ainda. Queria absorver todo o silêncio e a misteriosa beleza resplandecente, sentir o ligeiro cheiro estranho e salgado trazido pelo vento, escutar até o menor murmúrio. Tomei consciência de um aumento de todos os meus sentidos e soube que esse lugar extraordinário estava imprimindo-se em minha mente, entranhando-se em minha imaginação.

Pensei que, se fosse ficar ali por qualquer período de tempo, deveria me tornar devoto da solidão e do silêncio, além de me tornar um observador de pássaros, pois ali existiam muitas espécies raras, limícolas e gaviformes, patos e gansos selvagens, especialmente na primavera e no outono, e com a ajuda de livros e bons binóculos eu logo poderia identificá-los pelo voo e pelo canto. Inclusive, ao vagar pelo lado de fora da casa, comecei a especular a respeito da possibilidade de viver ali, e a romantizar um pouco sobre como seria para Stella e eu, sozinhos naquele lugar selvagem e remoto — embora tenha deixado convenientemente de lado a questão sobre o que eu faria para ganhar a vida, e como nos ocuparíamos no cotidiano.

Então, pensando de tal modo fantasioso, afastei-me da casa na direção do campo e o atravessei seguindo para as ruínas. A oeste, do meu lado direito, o sol começava a se pôr como uma grande e invernal bola dourado-avermelhada atirando flechas de fogo e listras vermelho-sangue pela água. A leste, mar e céu haviam escurecido levemente ganhando um tom uniforme de cinza-chumbo. O vento que veio serpenteando do estuário era frio.

Ao me aproximar das ruínas, pude ver claramente que eram realmente de alguma capela antiga, talvez de origem monástica, toda desgastada e desmoronada, com algumas das pedras despencadas, provavelmente devido a tempestades recentes, caídas sobre a grama. O solo inclinava-se um pouco para baixo à margem do estuário e, ao passar sobre um dos antigos arcos, assustei um pássaro que voou por cima de minha cabeça para se afastar, fazendo muito barulho com as asas e soltando um grasnado pungente que ecoou pelas velhas paredes e foi respondido por outro, um pouco mais distante. Era uma coisa feia, de aparência satânica, como uma espécie de abutre do mar — se é que existia algo assim —, de modo que não pude conter um tremor quando sua sombra passou sobre mim e assisti aliviado a seu canhestro voo para o mar. Então vi que o chão a meus pés e as pedras caídas estavam uma imundície de excrementos, e imaginei que esses pássaros deviam aninhar-se e empoleirar-se nos muros acima.

Com exceção disso, gostei daquele lugar abandonado e imaginei como seria em uma noite quente de verão, quando as brisas soprassem suavemente vindas do mar, passando pela grama alta, e flores silvestres brancas, amarelas e cor-de-rosa florescessem entre as pedras rachadas, as sombras se alongassem delicadamente e os pássaros de junho cantassem as mais belas melodias, com o leve marulho da água ao longe.

Com tais reflexões, acabei chegando a um pequeno cemitério. Era cercado pelas ruínas de um muro e parei, surpreso com o que via. Talvez houvesse cinquenta velhas lápides, a maioria inclinada ou completamente caída, cobertas por líquen amarelo-esverdeado e musgo, esbranquiçadas pelo vento salgado e manchadas por anos de chuva. Os túmulos estavam cobertos de grama e erva daninha, ou haviam desaparecido totalmente, afundados ou encobertos. Não se podia mais distinguir nomes e datas e todo o lugar tinha um ar de decadência e abandono.

Adiante, onde os muros terminavam em uma pilha de poeira e escombros, ficava a água cinzenta do estuário. No tempo em que permaneci ali, maravilhado, foi-se a última luz do sol, uma rajada de vento surgiu e fez com que a grama farfalhasse. Sobre minha cabeça, o desagradável pássaro de pescoço comprido veio planando de volta em direção às ruínas, e pude ver que em seu bico havia um peixe que se contorcia e lutava inutilmente. Observei a criatura aterrissar e, ao fazê-lo, ela esbarrou em algumas pedras, que tombaram e caíram em algum lugar fora do meu campo de visão.

Subitamente consciente do frio, da extrema desolação e lugubridade do local e do crepúsculo daquela tarde de novembro, e não querendo ficar tão deprimido a ponto de ser afetado por todos os tipos de fantasias mórbidas, estava prestes a me virar e andar rapidamente até a casa, onde pretendia acender muitas luzes e fazer um pequeno fogo na lareira, se possível, antes de iniciar os trabalhos preliminares com os documentos da Sra. Drablow. Mas quando me virei, meu olhar percorreu mais uma vez o cemitério e então vi novamente a mulher com o rosto abatido que havia comparecido ao funeral da Sra. Drablow. Ela estava do outro lado do terreno, perto de uma das poucas lápides ainda de pé, e usava as mesmas roupas e touca de antes, embora dessa vez fosse possível ver seu rosto com um pouco mais de clareza.

Sob a sombra da luz que se esvaía, havia um brilho e uma palidez que não correspondiam exatamente à carne, mas sim ao próprio osso. Mais cedo, quando olhei para ela, embora não tenha passado de uma rápida olhadela por vez, não havia notado nenhuma expressão específica em seu rosto arruinado, mas ficara extremamente impressionado com a aparência de sua grave doença. Nesse momento, no entanto, olhei fixamente para ela, até meus olhos doerem dentro das órbitas, surpreso e perplexo por sua presença. Nesse momento, vi que em seu rosto havia uma expressão. E era uma que só posso descrever — e as palavras parecem irremediavelmente inadequadas para exprimir o que vi — como uma maldade desesperada e nostálgica. Era como se estivesse procurando por algo que quisesse, precisasse — de que *necessitasse*, mais do que da própria vida, e que houvesse sido tirado dela. E, a quem quer que lhe tenha tirado aquilo, ela dirigia a mais pura perversidade, aversão e ódio, com todas as forças disponíveis em si. Seu rosto, em sua palidez extrema, os olhos, afundados porém brilhantes de uma forma não natural, queimavam com a intensidade da emoção passional que havia dentro dela e que emanava. Se a aversão e a maldade eram dirigidos a mim, eu não tinha como saber. Não tinha motivo algum para supor que pudessem ser, mas naquele momento estava longe de ser capaz de basear minhas reações em razão e lógica, pois a combinação do local isolado e peculiar com a aparição repentina da mulher e o horror de sua expressão começou a me encher de medo. Sem dúvidas, nunca em minha vida havia sido tão dominado por ele, nunca sentira meus joelhos tão trêmulos e tamanha apreensão. Minha pele estava fria como uma rocha. Meu coração nunca havia acelerado de tal forma, como se fosse saltar por minha boca seca e jamais batera em meu peito assim, como um martelo em uma bigorna. Eu nunca havia me visto tão preso e dominado por tamanho pavor, horror e medo do mal. Era como se eu tivesse ficado paralisado. Não podia suportar ficar ali, por medo, mas também não me sobravam forças no corpo para me virar e fugir, e estava mais certo do que nunca de que, a qualquer segundo, cairia morto naquele miserável pedaço de terra.

Foi a mulher que se moveu. Deslizou para detrás da lápide e, mantendo-se junto à sombra do muro, passou por um dos vãos entre as ruínas e sumiu de minha vista.

No instante em que ela se foi, meu vigor e poder de fala e movimento, meu próprio espírito de vida, voltou a fluir dentro de mim, minha cabeça ficou mais clara e, de uma só vez, fiquei com raiva — sim, *com raiva* — dela pela emoção que despertou em mim, por me fazer passar por tanto medo, e a raiva transformou-se em determinação de segui-la, pará-la, fazer algumas perguntas e receber respostas adequadas, de ir ao fundo dessa história.

Corri rapidamente pela curta extensão de grama áspera entre os túmulos, na direção do vão no muro, e saí quase na beira do estuário. Sob meus pés, a grama deu lugar a 1 ou 2 metros de areia, e depois água rasa. Ao meu redor os brejos e as dunas de sal estendiam-se até se unirem à maré ascendente. Eu conseguia enxergar por quilômetros. Não havia sinal da mulher de preto, nem de nenhum lugar onde pudesse ter se escondido.

Quem ela era — ou *o quê* — e como havia desaparecido, foram coisas que não cheguei a me perguntar. Tentei não pensar sobre a questão, mas, com o restante de energia que já podia sentir esvaindo-se rapidamente, virei as costas e comecei a correr, a fugir do cemitério e das ruínas e a me distanciar da mulher o máximo possível. Concentrei tudo na corrida, ouvindo apenas as pancadas de meu próprio corpo contra a grama, minha própria respiração. E não olhei para trás.

Quando cheguei novamente à casa, estava coberto de suor, exausto e com os nervos à flor da pele. Ao tentar acertar a chave, minha mão tremia tanto que a derrubei duas vezes no degrau antes de finalmente conseguir abrir a porta da frente. Assim que entrei, fechei-a com força. O barulho ecoou pela casa, mas quando a última reverberação desapareceu o lugar pareceu voltar a seu estado tranquilo e houve um longo e tenso silêncio. Por um longo período de tempo, não saí do vestíbulo escuro coberto por painéis de madeira. Eu queria companhia — e não tinha nenhuma —, queria luzes, calor e uma bebida forte, e precisava de consolo. Porém, mais do que tudo, precisava de uma *explicação*. É notável como a simples curiosidade pode ser uma força poderosa. Nunca tinha me dado conta disso até agora. Apesar de meu intenso medo e choque, estava consumido pelo desejo de descobrir exatamente quem eu havia visto e como. Não descansaria até ter desvendado o mistério, apesar de que, enquanto estivera lá fora, não havia ousado permanecer e fazer qualquer investigação.

Eu não acreditava em fantasmas. Ou melhor, até aquele dia, não só não acreditava, como considerava qualquer história que ouvisse sobre eles — como a maioria dos jovens racionais e sensíveis — nada mais do que simplesmente isso, histórias. Sabia, é claro, que certas pessoas alegavam ter uma intuição mais forte do que o normal em relação a essas coisas, e que certos lugares antigos eram tidos como assombrados, mas resistia em admitir que realmente pudesse haver algo assim, mesmo que fosse apresentada alguma prova. E eu nunca havia tido provas. Era notável, sempre pensei, que aparições fantasmagóricas e ocorrências estranhas similares sempre parecessem ser vivenciadas com vários graus de distância, por alguém que conhecia alguém que havia ouvido de alguém que conhecia!

Mas fazia pouco nos brejos, à luz peculiar e fraca e na desolação daquele cemitério, eu havia visto uma mulher cuja forma era um tanto quanto substancial e ainda assim, em alguns aspectos essenciais, sem dúvida, fantasmagórica. Ela tinha uma palidez irreal e uma expressão aterrorizante, usava roupas que não estavam de acordo com os padrões da atualidade; havia mantido distância de mim e não falara. Algo procedente de sua presença imóvel e silenciosa, sempre perto de um túmulo, comunicou-se comigo tão fortemente que senti uma repulsa e um medo indescritíveis. E ela havia aparecido e desaparecido de uma maneira que certamente seria impossível para um ser humano real, vivo, mundano. Apesar disso... ela não parecia nem um pouco — como eu imaginava que seriam os "fantasmas" tradicionais — transparente ou etérea, fora real, estivera ali, eu a havia visto com certa clareza, tinha certeza de que poderia ter ido até ela, falado com ela, tocado nela.

Eu não acreditava em fantasmas.

Que outra explicação haveria?

Em algum lugar nos confins escuros da casa, um relógio começou a badalar e tirou-me de meu devaneio. Sacudindo-me, desviei deliberadamente a mente da questão da mulher no cemitério para a da casa na qual estava.

O vestíbulo dava para uma ampla escadaria de carvalho e, de um lado, a uma passagem para o que supus serem a cozinha e a copa. Havia várias outras portas, todas fechadas. Acendi a luz no vestíbulo, mas a lâmpada era muito fraca, e pensei que seria melhor passar por todos os cômodos e deixar entrar o que restava de luz do dia antes de começar a procurar os papéis.

Depois do que ouvi do Sr. Bentley e de outras pessoas desde que cheguei a respeito da falecida Sra. Drablow, havia imaginado muitas coisas sobre o estado de sua casa. Esperava, talvez, que fosse um santuário à memória de um tempo passado, à sua juventude ou à memória do marido de tão pouco tempo, como a casa da pobre Srta. Havisham. Ou que fosse simplesmente coberta por teias de aranha e sujeira, com jornais velhos, trapos e lixo empilhado nos cantos, fragmentos de uma reclusa — além de um gato ou cão meio faminto.

No entanto, assim que comecei a andar pelas várias salas de estar, pela sala de jantar e pelo escritório, não encontrei nada tão dramático ou desagradável, embora fosse verdade que havia um odor levemente úmido, embolorado, agridoce, em todos os lugares, desses que surgem em qualquer casa fechada por algum tempo, e especialmente em uma que, cercada de todos os lados por brejo e estuário, estava destinada a estar permanentemente úmida.

A mobília era antiquada, mas boa, sólida, escura e razoavelmente bem-cuidada, embora fosse claro que muitos dos cômodos não eram utilizados, ou até mesmo visitados, havia anos. Apenas uma saleta, do outro lado de um pequeno corredor que saía do vestíbulo, parecia ter sido bem ocupada — provavelmente era ali que a Sra. Drablow passava a maior parte de seus dias. Em todos os cômodos havia estantes fechadas com vidro cheias de livros e, além deles, quadros pesados, retratos banais e pinturas a óleo com figuras de casas antigas. Mas meu coração afundou quando, após procurar no molho de chaves que o Sr. Bentley havia me dado, encontrei as que abriam várias gavetas, cômodas e escrivaninhas, pois em todas elas havia maços e caixas de papéis — cartas, recibos, documentos, cadernos, tudo amarrado com laços ou barbante e amarelado pelo tempo. Parecia que a Sra. Drablow nunca havia jogado fora um único pedaço de papel ou carta em toda sua vida e, certamente, a tarefa de olhar tudo aquilo, mesmo de maneira superficial, era muito maior do que eu havia previsto. Muita coisa poderia revelar-se bastante inútil e redundante, porém de qualquer modo tudo teria que ser examinado, para que qualquer coisa relativa à disposição dos bens com a qual o Sr. Bentley tivesse de lidar pudesse ser empacotada e enviada a Londres. Era óbvio que não faria sentido começar agora, já era tarde e eu estava muito nervoso pelo que havia acontecido no cemitério. Em vez disso, simplesmente andei pela casa olhando todos os cômodos, sem encontrar nada de considerável interesse ou elegância. Na verdade, tudo era curiosamente impessoal: a mobília, a decoração e os ornamentos, todos reunidos por alguém com pouca individualidade ou gosto; uma casa tediosa, um tanto quanto sombria e nada convidativa. Era memorável e extraordinária em apenas um aspecto — a localização. De cada janela — e elas eram altas e largas em todos os cômodos — a vista era de um lado ou outro dos brejos, do estuário e da imensidão do céu. Toda a cor havia sido exaurida e apagada deles naquele momento, o sol havia se posto, havia pouca luz e nenhum movimento, nenhuma ondulação das águas, e eu mal podia diferenciar a divisão entre terra, mar e céu. Tudo era cinza. Consegui erguer todas as persianas e abrir uma ou duas janelas. O vento havia cessado de uma vez, não havia som a não ser uma leve e mansa sucção da água conforme a maré subia. Como uma senhora havia suportado dia após dia, noite após noite, o isolamento naquela casa, sobretudo por tantos anos, eu não era capaz de conceber. Eu teria enlouquecido — na verdade, pretendia trabalhar todos os minutos possíveis sem pausa, para verificar os papéis e terminar logo. Mas, ainda assim, havia um estranho fascínio em olhar para os amplos brejos selvagens, pois sua beleza era excepcional, mesmo naquele momento, sob o crepúsculo cinzento. Não havia nada para ver por quilômetros e mesmo assim eu não conseguia desviar os olhos. Mas por aquele dia já havia sido o bastante. Bastava de solidão e nenhum ruído exceto o da água e do gemido do vento e os cantos melancólicos dos pássaros. Bastava do cinza monótono, bastava daquela casa velha e sombria. E, como levaria pelo menos mais uma hora até Keckwick voltar com a carroça puxada pelo pônei, decidi me mexer e esquecer aquele lugar. Uma caminhada vigorosa me daria ânimo, abriria meu apetite e se tudo desse certo eu chegaria de volta a Crythin Gifford a tempo de evitar que Keckwick precisasse voltar. Mesmo se não chegasse, eu o encontraria no caminho. A passagem ainda estava visível, as vias eram retas e eu não teria como me perder.

Assim, fechei as janelas e as persianas e deixei a Casa do Brejo da Enguia à própria sorte ao cair daquela tarde de novembro.

O som de um pônei e uma carroça

Do lado de fora tudo estava quieto, tanto que tudo o que eu ouvia era o som de meus próprios passos quando comecei a andar vigorosamente pelo cascalho, e até mesmo esse som foi suavizado assim que me pus a caminhar sobre a grama, na direção da passagem. No céu, as últimas gaivotas voavam para casa. Uma ou duas vezes olhei para trás, de certa maneira esperando ver a figura negra da mulher me seguindo. Mas já estava quase convencendo a mim mesmo de que devia haver algum declive ou inclinação no chão do outro lado do cemitério e mais além, talvez uma casinha solitária, escondida, pois as mudanças de luz naquele lugar podiam pregar todos os tipos de peça. Além do mais, eu não havia ido até lá para procurar de verdade por um esconderijo, apenas havia olhado em volta e não tinha visto nada. Muito bem, então. Por ora, permiti-me esquecer da reação exagerada do Sr. Jerome quando mencionei a mulher naquela manhã.

A caminho da passagem, o chão ainda estava seco, mas à esquerda vi que a água começara a se aproximar, bem silenciosamente, bem vagarosamente. Perguntei-me quão profundamente o caminho ficava submerso quando a maré estava alta. Porém, em uma noite tranquila como aquela, havia tempo o bastante para cruzá-la em segurança, embora a distância fosse maior agora que estava atravessando a pé do que aparentava quando passamos ali na carroça de Keckwick e o final da passagem parecia estar recuando para dentro da escuridão adiante. Nunca havia estado tão sozinho, nem me sentido tão pequeno e insignificante em um espaço tão amplo antes, e caí em uma reflexão filosófica não muito agradável, impressionado com a absoluta indiferença da água e do céu à minha presença.

Alguns minutos mais tarde, não poderia dizer quantos, saí de meu devaneio e percebi que não podia mais enxergar muito adiante, e quando me virei fiquei assustado ao descobrir que a Casa do Brejo da Enguia também estava invisível, não por causa da escuridão da noite, mas devido a uma grossa e úmida bruma que havia vindo dos brejos e envolvido tudo: eu, a casa atrás de mim, o fim da passagem e todo o campo. A névoa era como uma teia de aranha — úmida, fina, mas ainda impenetrável. Com odor e sabor bem diferentes da neblina amarela grossa, fixa e suja de Londres; aquela era sufocante, salgada, leve, pálida e movia-se diante de meus olhos o tempo todo. Senti-me confuso, irritado, como se ela fosse feita de milhões de dedos vivos que rastejavam sobre mim, penduravam-se em mim e afastavam-se novamente. Meu cabelo, rosto e as mangas do casaco já estavam molhados pelo véu de umidade. Sobretudo, foi a subtaneidade daquilo que me deixou nervoso e desorientado.

Por um curto tempo, andei lentamente, determinado a manter-me em meu caminho até sair na segurança da estrada. Mas também comecei a pensar que poderia facilmente me perder assim que deixasse a retidão da passagem e ficaria perambulando a noite toda à exaustão. A atitude mais óbvia e sensata seria voltar e refazer meus passos pelos poucos metros que havia percorrido, e então esperar na casa até a névoa desaparecer ou Keckwick chegar para me buscar, ou ambos.

A caminhada de volta foi um pesadelo. Fui obrigado a andar bem devagar, com medo de desviar para o brejo e para a maré que subia. Se olhasse para a frente ou ao redor, ficava logo desnorteado pela névoa que se movimentava, e tropeçava, rezando para chegar à casa, que estava mais longe do que eu havia imaginado. Então, ao longe, em alguma parte da névoa escura e vertiginosa, ouvi um som que elevou meu ânimo: o distante, mas inconfundível clipe-clope dos cascos do pônei e o ronco e o rangido da carroça. Então Keckwick não se deixara perturbar pela névoa, acostumado a viajar pelas vias e atravessar a passagem na escuridão. Eu parei e esperei para ver uma lanterna — pois certamente ele estaria levando uma —, e fiquei me perguntando se seria melhor gritar anunciando minha presença, para o caso de ele vir repentinamente em minha direção e me derrubar na terra.

Depois, percebi que a neblina pregava peças com sons, assim como com a visão, pois não apenas o ruído da carroça permaneceu longe de mim por mais tempo do que eu esperava, como também não parecia vir diretamente detrás de mim, pelo caminho da passagem, mas da minha direita, no brejo. Tentei calcular a direção do vento, mas não havia nenhum. Virei-me, mas o som começou a se afastar novamente. Confuso, fiquei parado e esperei, esforçando-me para ouvir em meio à névoa. O que ouvi em seguida me arrepiou e aterrorizou, apesar de eu não poder entender nem explicar. O ruído da carroça diminuiu e então sumiu de repente, e no brejo havia um som curioso e agitado de escoamento, sucção, que continuou, juntamente com o relincho agudo de um cavalo em pânico. Depois ouvi outro berro, um grito, um gemido apavorado — era difícil de decifrar, mas, horrorizado, percebi que era de uma criança, uma criança pequena. Eu estava absolutamente impotente em meio à névoa que me cobria e obscurecia tudo ao meu redor, quase chorando, cheio de medo e frustração, e sabia que estava ouvindo, sem sombra de dúvida, os apavorantes sinais derradeiros de um pônei e uma carroça, carregando uma criança, assim como um adulto qualquer — provavelmente Keckwick — que a estivesse conduzindo e que até agora lutava desesperadamente. De alguma forma, havia perdido o caminho da passagem e caído nos brejos e agora estava sendo arrastado pela areia movediça e pela força da maré.

Comecei a gritar até achar que meus pulmões fossem estourar, e em seguida a correr, mas então parei. Se não conseguia ver nada, então de que serviria? Eu não poderia entrar no brejo e, mesmo que pudesse, não havia meios de encontrar a carroça ou ajudar seus ocupantes. Apenas, certamente, arriscaria ser sugado pelo pântano também. A única saída seria voltar para a Casa do Brejo da Enguia, acender todas as luzes e tentar de alguma forma fazer sinal pelas janelas, esperando, embora isso fosse improvável, ser visto, como um farol, por alguém em algum lugar nas regiões próximas.

Estremecendo com os pensamentos terríveis que passavam por minha mente e com as imagens que não conseguia evitar daquelas pobres criaturas sendo lentamente sufocadas e afogadas até a morte em lama e água, esqueci de meus próprios medos e fantasias de alguns minutos mais cedo e me concentrei em voltar para casa da forma mais rápida e segura possível. A água agora agitava-se bem perto das bordas da trilha e era tudo o que eu conseguia escutar, a neblina ainda estava densa e a escuridão era completa, e foi com um suspiro de alívio que senti a grama e depois o cascalho sob meus pés e tateei o caminho às cegas até a porta da casa.

Atrás de mim, nos brejos, tudo ainda estava quieto e silencioso; salvo pelo movimento da água, o pônei e a carroça podiam nunca ter existido.

Quando entrei novamente na casa, consegui alcançar uma cadeira no escuro e, sentando-me nela assim que minhas pernas desabaram, coloquei a cabeça entre as mãos e dei passagem a uma explosão de choro impotente quando tive total percepção do que havia acabado de acontecer.

Não sei dizer por quanto tempo fiquei ali sentado, à beira do desespero e do pavor. Mas depois de alguns minutos, pude me recompor o suficiente para levantar e andar pela casa, acendendo todas as luzes que funcionassem e deixando-as acesas, embora nenhuma fosse muito forte e, no fundo, eu soubesse que havia poucas chances que algo além de um leve brilho de lâmpadas espalhadas fosse visto através da terra nebulosa, ainda que houvesse algum observador ou viajante nas proximidades. Mas eu havia feito algo — tudo o que podia, de fato — e senti-me ligeiramente melhor por isso. Depois, comecei a procurar em armários, aparadores e no guarda-louças da cozinha até que, finalmente, no fundo de um deles, na sala de jantar, encontrei uma garrafa de brandy de trinta anos, ainda fechada e selada. Eu a abri, encontrei um copo e servi uma medida grande o bastante para ser consumida por um homem em estado de choque, a algumas horas de sua última refeição.

Dava para ver que a sala não era usada pela Sra. Drablow há anos. A mobília estava levemente descolorida pelo sal no ar, e as velas e pratos decorativos estavam manchados, as toalhas de linho rigidamente dobradas e intercaladas com tecido amarelado, as taças e a porcelana empoeiradas.

Voltei para o único cômodo da sala que parecia confortável, apesar do frio e do cheiro de bolor, e ali tomei meu brandy e tentei, o mais calmamente possível, pensar no que fazer.

Quando a bebida fez efeito, fiquei mais — e não menos — agitado, e meu cérebro estava cada vez mais confuso. Comecei a ficar com raiva do Sr. Bentley por ter me mandado para aquele lugar, com minha própria insensatez e imbecilidade em ignorar todas as pistas e alertas velados que recebi sobre ele, e a desejar — não, a rezar — por algum tipo de providência rápida e por retornar a minha ocupação segura e reconfortante em Londres, entre amigos — entre qualquer tipo de pessoa — e com Stella.

Não podia ficar parado ali naquela casa antiga, deprimente e claustrofóbica, então vaguei de cômodo em cômodo, levantando um ou outro objeto e colocando-o de volta sem esperança. Então passei a subir as escadas, entrando em quartos vazios e subindo ainda mais, a sótãos cheios de entulho, sem carpetes, cortinas ou persianas nas grandes e estreitas janelas.

Todas as portas estavam abertas, todos os quartos arrumados, empoeirados, amargamente frios e úmidos, e ainda assim um tanto quanto sufocantes. Apenas uma porta estava trancada, no fim de uma passagem onde cabiam três quartos no segundo andar. Não havia buraco de fechadura, nem trinco do lado de fora.

Por alguma razão obscura, fiquei com raiva daquela porta, chutei-a e bati com força na maçaneta, depois desisti abruptamente e desci as escadas, ouvindo o eco de meus próprios passos.

A cada instante, ia de uma janela para a outra, esfregando a mão pelo vidro para tentar ver alguma coisa. Porém, embora esfregasse uma fina camada de sujeira, o suficiente para deixar um espaço limpo, não podia sumir com a cortina de bruma que estava tão próxima do lado de fora do vidro. Ao olhar para ela, vi que ainda estava movendo-se constantemente, como nuvens, embora nunca se abrisse ou dispersasse.

Finalmente joguei-me sobre o sofá coberto de veludo na grande sala de estar com pé-direito alto, afastei o rosto da janela e rendi-me, juntamente com o fim do segundo copo do brandy suave e perfumado, à melancólica frustração e a uma espécie de autopiedade interna. Não sentia mais frio, medo ou agitação. Sentia-me imune aos terríveis acontecimentos ocorridos nos brejos e permiti-me ceder, cair em um estágio negligente, tão rudimentar quando a neblina do lado de fora, e então descansar, deitar e encontrar, senão paz, pelo menos algum alívio com o adiamento de todos os extremos de emoção.

Uma campainha soava, soava em meus ouvidos, dentro de minha cabeça. Seu timbre parecia ao mesmo tempo muito próximo e extraordinariamente distante; dava a impressão de oscilar, e eu oscilava junto. Estava tentando escapar de uma escuridão que não era estável, movia-se, assim com o solo parecia se mover sob meus pés, de modo que fiquei com medo de escorregar e cair, de ser sugado por um terrível redemoinho. A campainha continuou soando. Eu acordei atordoado e vi a lua pela grande janela, enorme como uma abóbora, em um céu claro e negro.

Minha cabeça estava pesada, a boca grossa e seca, os membros rijos. Talvez tivesse dormido por alguns minutos, talvez durante horas; havia perdido a noção do tempo. Esforcei-me para levantar e então percebi que a campainha que ouvi não era parte da confusão de meu pesadelo interrompido, mas uma campainha real soando pela casa. Havia alguém na porta.

Enquanto ia da sala para o vestíbulo, meio andando e meio tropeçando devido à dormência em meus pés e pernas que haviam ficado apertados no sofá, comecei a me lembrar do que havia acontecido e principalmente — senti uma onda de terror quando a lembrança veio a mim — do acidente com o pônei e a carroça, quando ouvi o grito da criança no Brejo da Enguia. Todas as luzes que havia deixado acesas ainda estavam brilhando e provavelmente haviam sido vistas, pensei, enquanto abria a porta da frente, esperando encontrar um grupo de busca e auxílio, homens fortes, pessoas com as quais pudesse contar, que soubessem o que fazer e que, acima de tudo, pudessem me tirar daquele lugar.

Mas sob a luz do vestíbulo que se apagava e também sob a luz da lua cheia, lá estava, na entrada de cascalhos, apenas um homem: Keckwick. Atrás dele, o pônei e a carroça. Tudo parecia real, normal e completamente incólume. O ar estava limpo e frio, o céu cheio de estrelas. Os brejos estavam calmos, silenciosos e reluziam prateados sob a luz da lua. Não havia vestígios de névoa ou nuvens, nada além de um toque de umidade na atmosfera. Tudo estava tão mudado, tão profundamente mudado que devo ter renascido em outro mundo e todo o resto não passava de um sonho delirante.

— É preciso esperar a névoa se dissipar. Não dá pra cruzar com essa bruma toda no ar — disse Keckwick sem rodeios. — O senhor deu azar.

Minha língua parecia presa ao céu da boca, os joelhos dobrados.

— E depois disso, ainda se tem de esperar a maré. — Ele olhou em volta. — Lugar estranho. Você logo verá.

Foi então que consegui olhar no relógio e vi que eram quase 2h da manhã. A maré havia começado a baixar novamente, revelando a Passagem das Nove Vidas. Eu havia dormido por quase sete horas, quase o mesmo que dormiria em uma noite normal, mas ali estava, a horas do amanhecer, sentindo-me enjoado e esgotado como qualquer homem que tenha ficado sem dormir por horas.

— Não esperava que fosse voltar a essa hora — consegui gaguejar. — É muita bondade sua...

Keckwick puxou o gorro um pouco para trás para coçar a testa, e eu notei que seu nariz e grande parte de seu rosto estavam cobertos por protuberâncias, caroços e verrugas, e a pele tinha uma textura empapada e coloração escura, de um vermelho lívido.

— Eu não o deixaria passar a noite aqui — disse. — Não faria isso com você.

Senti um momento de delírio, pois parecíamos ter escorregado para uma conversa normal e prática. Eu estava de fato feliz em vê-lo, como nunca antes na vida havia ficado ao receber um ser humano, e em ver o pequeno cavalo que esperava calma e pacientemente.

Mas então a outra lembrança voltou e eu deixei escapar:

— Mas o que aconteceu com você? Como pode estar aqui? *Como conseguiu escapar?* — E meu coração falhou quando percebi que, é claro, não eram Keckwick e seu pônei que haviam caído na areia movediça, com certeza, mas outra pessoa, alguém com uma criança, e agora haviam partido, estavam mortos, o brejo os havia levado e as águas se fechado sobre eles, e nenhuma ondulação ou agitação de qualquer tipo aparecia naquela superfície tranquila e reluzente. Mas quem, *quem*, em uma noite escura de novembro com neblina e maré alta, estaria conduzindo, levando uma criança, naquele lugar traiçoeiro, e por quê? Para onde estavam indo ou de onde vinham? Essa era a única casa em quilômetros, a menos que eu estivesse certo em relação à mulher de preto e sua moradia escondida.

Keckwick olhava fixamente para mim e dei-me conta de que devia estar desgrenhado e desarrumado, nem um pouco parecido com o advogado profissional, jovem, esperto e confiante que ele havia deixado na casa naquela mesma tarde. Então ele apontou para a carroça:

— Melhor subir — disse ele.

— Sim, mas certamente...

Ele havia se virado repentinamente e estava subindo no banco do condutor. Ali, olhando para a frente, enrolado em seu sobretudo com o colarinho virado para cobrir o pescoço, ele esperou. Ficou claro que ele estava ciente de meu estado, sabia que algo havia acontecido comigo e não estava muito surpreso. Seu comportamento também me dizia, de maneira inequívoca, que ele não queria ouvir o que havia se passado, perguntar ou dar respostas nem discutir o assunto. Ele me levaria e buscaria, fielmente e a qualquer hora, e não faria nada além disso.

Em silêncio e rapidamente, voltei para a casa e desliguei as luzes, então subi na carroça e deixei Keckwick e seu pônei me levarem pelos brejos quietos e misteriosamente belos, sob a luz da lua. Entrei em um tipo de transe, meio dormindo, meio acordado, sacolejando com a movimentação da carroça. Minha cabeça havia começado a doer de forma horrenda e meu estômago a se contrair com espasmos de náusea de tempos em tempos. Eu não olhei em volta, embora às vezes fitasse o vasto céu noturno e as constelações espalhadas. A visão era reconfortante e me acalmava, as coisas no céu pareciam corretas e inalteradas. Mas nada mais estava assim, dentro de mim ou ao meu redor. Agora sabia que havia entrado em um âmbito de consciência que até então me era impensável — em que eu de fato sequer acreditara. Que ir a esse lugar já havia me transformado e que não havia mais volta. Pois, nesse dia, havia visto coisas que nunca sonhei em ver, e ouvira coisas também. Que a mulher do cemitério era fantasmagórica eu agora sabia, e não simplesmente acreditava, com uma certeza profunda. Percebi que aquilo havia se transformado em algo certo e firme, talvez durante o sono agitado e aflito. Mas comecei a suspeitar que o pônei e a carroça com a criança que havia gritado tão terrivelmente — e que haviam sido sugados pela areia movediça enquanto brejo e estuário, terra e mar, estavam cobertos por aquela neblina repentina em que eu também me perdi —, eles, também, não eram reais, não estavam ali presentes, não eram substanciais, mas também fantasmagóricos. O que eu escutara, o fizera claramente como ouvia então o rodar da carroça e o bater dos cascos do pônei, e o que vira — a mulher com o rosto pálido e abatido, perto do túmulo da Sra. Drablow e novamente no antigo cemitério —, eu de fato vira. Poderia jurar ou prestar testemunho. E no entanto eles eram, de um modo que não entendia, irreais, incorpóreos, coisas mortas.

Tendo aceitado isso, senti-me calmo imediatamente, e assim deixamos o brejo e o estuário para trás e seguimos a galope pela estradinha no meio daquela noite quieta. Imaginei que o dono de Gifford Arms pudesse ser acordado e convencido a me deixar entrar, e então pretendia subir até aquela cama confortável e dormir novamente, tentar tirar aquelas coisas de minha cabeça e de meu coração e não pensar mais nelas. À luz do dia seguinte, eu me recuperaria e então planejaria o que fazer. No momento, sabia mais do que ninguém que não queria ter de voltar à Casa do Brejo da Enguia e deveria tentar descobrir um modo de me livrar de qualquer trabalho relativo aos negócios da Sra. Drablow. Não havia sequer me esforçado para decidir se inventaria alguma desculpa para o Sr. Bentley ou se tentaria dizer a verdade e torcer para não ser ridicularizado.

Apenas quando estava me aprontando para ir para a cama — o dono do hotel havia se mostrado muito receptivo e complacente — comecei a pensar a respeito da extraordinária generosidade de Keckwick em ir me buscar em um momento em que a névoa e as marés o permitiram. Certamente era de se esperar que ele desse de ombros, fosse dormir e me pegasse no outro dia de manhã. Mas ele deve ter esperado, e talvez deixado o pônei arreado, preocupado que eu não passasse uma noite sozinho naquela casa. Era profundamente grato a ele, e fiz uma anotação de que ele deveria receber uma generosa recompensa por seus esforços.

Já passavam das três quando fui para a cama, e não haveria luz pelas próximas cinco horas. O dono havia dito que eu poderia dormir o quanto quisesse, ninguém me perturbaria e o café da manhã seria providenciado a qualquer hora. Ele, também, a seu modo, parecia ansioso por meu bem-estar, assim como Keckwick, embora ambos tivessem a mesma reserva, uma barreira erguida contra qualquer indagação que eu tinha o cuidado de não tentar romper. Quem sabe o que eles próprios haviam visto ou escutado, ou o que sabiam sobre o passado e sobre todo o tipo de acontecimento, sem contar os rumores, boatos e superstições sobre tais eventos? O pouco que eu havia vivenciado era mais do que suficiente, e eu estava relutante em começar a me aprofundar em explicações.

Foi o que pensei naquela noite, então deitei a cabeça no travesseiro macio e acabei caindo em um sono inquieto e sombrio, repleto de aparições que me perturbavam. Uma ou duas vezes quase acordei ao gritar ou falar palavras sem nexo, suei, virei-me e revirei-me, tentando me livrar dos pesadelos, fugir de meu próprio senso semiconsciente de terror e mau pressentimento. E o tempo todo, penetrando na superfície de meus sonhos, vinham repetidas vezes o relincho apavorante do pônei e o grito daquela criança, enquanto eu permanecia ali parado, impotente no meio da névoa, meus pés resistiam, meu corpo recuava e atrás de mim, embora não pudesse ver, mas apenas sentir sua presença sinistra, pairava a mulher.

Sr. Jerome tem medo

Quando acordei, vi novamente o agradável quarto repleto de raios do sol do inverno. Mas foi com enfado e amargura que comparei meu estado presente ao da manhã anterior, em que havia dormido tão bem e acordado renovado, pulando da cama ansioso para começar o dia. E fazia apenas um dia? Eu senti como se tivesse passado por uma jornada tão longa, vivenciado tanta coisa — em espírito, senão em tempo — e ficado tão agitado dentro de meu ser antes sereno e sossegado, que anos pareciam ter se passado. Eu sentia náuseas e tinha a cabeça pesada, estava cansado e irritado também, meus nervos e minha imaginação à flor da pele.

No entanto, após um tempo, forcei-me a levantar, pois seria quase impossível ficar pior do que me sentia deitado na cama, que agora parecia tão grosseira e desconfortável quanto uma pilha de sacos de batatas. Assim que abri as cortinas e vi o céu azul, tomei um bom banho quente e em seguida molhei a cabeça e o pescoço sob a torneira fria. Comecei a me sentir menos mofado e deprimido, mais composto e apto a pensar de um modo ordenado sobre o dia que teria pela frente. Durante o café da manhã, em que meu apetite estava melhor do que eu esperava, pensei nas várias alternativas. A noite anterior havia sido dura e não havia deixado outra opção — eu não queria ter mais nada a ver com o Brejo da Enguia e os negócios da Sra. Drablow. Telegrafaria ao Sr. Bentley, deixaria as coisas nas mãos do Sr. Jerome e tomaria o primeiro trem disponível para Londres.

Em resumo, eu fugiria. Sim, era assim que eu enxergava a situação à luz do dia. Não sentia culpa nenhuma por minha decisão. Eu ficara tão terrivelmente aterrorizado quanto um homem pode se tornar. Não achava que seria o primeiro a fugir de perigos e riscos físicos, embora não tivesse motivos para me considerar mais corajoso do que qualquer outro. Mas essas outras questões eram ainda mais assustadoras, porque eram intangíveis e inexplicáveis, impossíveis de serem provadas e ainda assim profundamente tocantes. Comecei a perceber que o que mais me havia apavorado — e, ao analisar meus próprios pensamentos e sentimentos naquela manhã, continuava a me apavorar — não era o que havia visto. Não havia nada intrinsecamente repugnante ou terrível na mulher com o rosto devastado. É verdade que os sons medonhos que escutei durante a neblina haviam me perturbado, mas muito pior era o que emanava dessas coisas e as cercava, e que por sua vez acabou por me desestabilizar, um clima, uma força

— não sei muito bem do que chamar — de mal e impureza, de terror e sofrimento, de maldade e ressentimento. Sentia-me um tanto perturbado em ter de lidar com qualquer uma dessas coisas.

— Vai achar Crythin um lugar mais sossegado hoje — disse o dono do hotel ao retornar para tirar meu prato e repor o café. — O dia de feira traz gente de muito longe. Esta manhã não há muita coisa acontecendo.

Ele ficou parado por um instante, olhando cuidadosamente para mim, e novamente senti a necessidade de me desculpar por tê-lo feito se levantar e descer para abrir a porta para mim na noite anterior. Ele balançou a cabeça.

— Ah, eu prefiro fazer isso a vê-lo passar uma... noite desconfortável em qualquer outro lugar.

— Acabou que minha noite foi um pouco incômoda mesmo assim. Aparentemente, tive uma overdose de pesadelos e um sono muito agitado.

Ele não disse nada.

— Na manhã de hoje, acho que preciso de um pouco de exercício ao ar livre. Talvez ande em direção ao campo, um ou dois quilômetros, veja as fazendas que pertencem a alguns dos homens que estavam aqui na feira ontem.

Eu quis dizer que planejava virar as costas para os brejos e andar com firmeza na direção oposta.

— Bem, achará a caminhada agradável e tranquila. A região é plana como um lençol por muitos quilômetros. É claro que poderia ir muito além se quisesses cavalgar.— Infelizmente, nunca montei um cavalo na vida, e confesso que não estou com ânimo de começar hoje.

— Ou então — disse ele, sorrindo de repente —, posso lhe emprestar uma boa bicicleta.

Uma bicicleta! Ele viu minha expressão mudar. Quando garoto, eu andava muito de bicicleta, e regularmente. Stella e eu às vezes ainda pegávamos o trem para uma das barragens e pedalávamos por quilômetros ao longo do Tâmisa, levando na cesta comida para um piquenique.

— Ela está nos fundos, ali no quintal. Fique à vontade, senhor, quando quiser. — E ele deixou a sala de jantar.

A ideia de pedalar por cerca de uma hora, de soprar para longe a desordem e a podridão da noite anterior, de me refrescar e restaurar, era extremamente animadora, e vi que meu humor havia melhorado. Afinal, eu não fugiria.

Em vez disso, decidi falar com o Sr. Jerome. Havia pensando em pedir ajuda para separar os documentos da Sra. Drablow; talvez ele tivesse um ajudante de que pudesse dispor, pois agora estava certo de que, à luz do dia e com companhia, seria forte o suficiente para enfrentar a Casa do Brejo da Enguia. Voltaria à cidade bem antes de escurecer e trabalharia do modo mais metódico e eficiente possível. E não caminharia na direção do cemitério.

Era notável como o bem-estar físico havia melhorado o meu ânimo e, quando pisei na praça do mercado, senti que voltava a meu estado normal, sereno e alegre, enquanto de quando em quando um ímpeto de júbilo surgia dentro de mim só de pensar em meu passeio de bicicleta.

Localizei o escritório de Horatio Jerome, Agente Imobiliário — duas salas minúsculas de teto baixo sobre a loja de um comerciante de milho, na via estreita que saía da praça. Esperava encontrar um assistente ou secretário para informar meu nome, mas não havia ninguém. O lugar era silencioso, a sala de espera escura e vazia. Depois de rondar por alguns instantes, fui até a única porta fechada e bati. Houve uma pausa e então o arrastar de uma cadeira e alguns passos rápidos. O Sr. Jerome abriu a porta.

Logo ficou claro que ele não estava nem um pouco satisfeito em me ver. Seu rosto foi tomado pela expressão fechada e amortecida do dia anterior, e ele hesitou antes de finalmente me convidar a entrar em sua sala, olhando-me de rabo de olho e depois desviando rapidamente o olhar para um ponto sobre meu ombro. Fiquei quieto, esperando, suponho, que ele me perguntasse como haviam sido as coisas na Casa do Brejo da Enguia. Mas ele não disse absolutamente nada, de modo que comecei a lhe fazer a proposta que tinha em mente.

— Sabe, eu não tinha ideia, e não sei se o senhor tinha, do volume de papéis na casa da Sra. Drablow. Toneladas deles, e a maior parte sem dúvida não passa de lixo, mas de qualquer forma precisarão ser analisados um por um. Parece-me claro que, a menos que eu pretenda fixar residência em Crythin Gifford em um futuro imediato, eu necessito de alguma ajuda.

A expressão do Sr. Jerome era de pânico. Ele arrastou a cadeira para trás, para mais longe de mim, ao sentar-se atrás da mesa bamba. Fiquei imaginando que se ele pudesse ter atravessado a parede até a rua, gostaria de tê-lo feito.

— Receio que *eu* não possa lhe oferecer ajuda, Sr. Kipps. Não mesmo.

— Não estava achando que faria algo pessoalmente — eu disse, em tom tranquilo. — Mas talvez tenha um jovem assistente.

— Não há ninguém. Estou sozinho. Não posso ajudá-lo em nada.

— Bem, estão me ajude a encontrar alguém. Certamente a cidade me cederá um jovem de inteligência módica que queira ganhar algumas libras e que eu possa contratar para o trabalho, não?

Notei que esfregava e movia nervosamente as mãos, apoiadas nos braços da cadeira, os quais agarrava e soltava, agitado.

— Sinto muito. A cidade é pequena e os jovens vão embora, não há empregos.

— Mas estou oferecendo um emprego... embora seja temporário.

— Não encontrará ninguém que sirva — ele quase gritou.

Então eu disse, com calma e tranquilidade:

— Sr. Jerome, não pode estar querendo me dizer que não há ninguém disponível, que não se pode encontrar na cidade ou nas redondezas nenhum jovem, ou velho, que seja capaz e livre para realizar o trabalho, mesmo se for feita uma busca meticulosa. Certamente não haverá muitos candidatos, mas seríamos capazes de encontrar um ou dois interessados no serviço. Mas está se eximindo de falar a verdade sobre o assunto: que eu não encontrarei uma só alma que queira passar algum tempo na Casa do Brejo de Enguia por medo de que as histórias a respeito daquele lugar se provem verdadeiras; por medo de se defrontar com o que eu já encontrei.

Houve um silêncio absoluto. As mãos do Sr. Jerome continuavam inquietas como as patas de uma criatura se debatendo. Sua testa pálida e curva estava coberta de suor. Finalmente, ele se levantou, quase caindo da cadeira, e foi até a janela estreita para olhar, através do vidro sujo, as casas do outro lado e a rua silenciosa abaixo. Então, de costas para mim, disse:

— Keckwick voltou por você.

— Sim. Fico mais grato do que consigo expressar.

— Não há nada que Keckwick não saiba a respeito da Casa do Brejo da Enguia.

— Imagino que fosse ele quem levava e trazia coisas para a Sra. Drablow?

Ele fez que sim com a cabeça.

— Ela não via mais ninguém. Nem... — sua voz diminuiu.

— Nem uma alma viva — completei.

Quando falou novamente, soou rouco e cansado:

— Existem histórias — disse ele. — Rumores. Todo o tipo de absurdo.

— Eu acredito. Um lugar como aquele é capaz de criar monstros do pântano, criaturas das profundezas e fogos-fátuos aos montes.

— Pode desacreditar a maior parte disso.

— É claro. Mas não tudo.

— Você viu aquela mulher no cemitério da igreja.

— E a vi novamente. Saí para caminhar no terreno da Casa do Brejo da Enguia, quando Keckwick me deixou lá ontem à tarde. Ela estava naquele antigo cemitério. São ruínas de quê? Uma igreja ou capela?

— Havia um monastério naquela ilha, bem antes de a casa ser construída. Uma pequena comunidade que se isolou do resto do mundo. Há registros disso nos documentos do condado. Está abandonado, deixado para ruir, oh, há séculos.

— E o cemitério?

— Foi... usado depois. Há alguns túmulos.

— Os Drablow?

Ele se virou de repente para ficar de frente para mim. Havia uma palidez acinzentada em sua pele, e percebi como fora seriamente afetado por nossa conversa e que provavelmente preferiria não ter de continuar. Eu teria que fazer alguns arranjos, mas decidi, naquele momento, abandonar a tentativa de trabalhar com o Sr. Jerome e telefonar diretamente ao Sr. Bentley em Londres. Para isso, eu deveria voltar ao hotel.

— Bem — eu disse —, não serei contrariado por um fantasma, ou vários deles, Sr. Jerome. Foi uma experiência desagradável e confesso que ficaria feliz em encontrar um companheiro para compartilhar o trabalho na casa. Mas ele precisa ser feito. E duvido que a mulher de preto demonstre qualquer hostilidade em relação a *mim*. Eu me pergunto quem foi ela. Quem *é* ela? — falo rindo, embora tenha soado um pouco falso. — Nem sei como me referir a ela!

Estava tentando atenuar algo que ambos sabíamos ser muito sério, tentando transformar aquilo em uma coisa insignificante, talvez até inexistente. Algo que nos afetaria tão profundamente quanto qualquer outra experiência que vivenciássemos, pois nos levava à beira do horizonte onde vida e morte se encontram.

— Devo encarar a situação, Sr. Jerome. É preciso que alguém encare essas coisas. — Enquanto falava, senti nascer uma nova determinação dentro de mim.

— Eu dizia o mesmo. — O Sr. Jerome olhava para mim com piedade. — Eu dizia o mesmo... antigamente.

Mas seu medo servia apenas para fortalecer minha determinação. Ele havia sido enfraquecido e arrasado... pelo quê? Uma mulher? Alguns ruídos? Ou havia algo mais que eu deveria descobrir sozinho? Sei que, se perguntasse, ele se recusaria a responder e, de qualquer forma, não estava certo de que queria ficar a par de todas aquelas histórias assustadoras e estranhas das experiências passadas do nervoso Sr. Jerome na Casa do Brejo da Enguia. Decidi que, se quisesse chegar à verdade da questão, deveria contar apenas com provas de meus próprios sentidos. Talvez, no fim das contas, fosse melhor *não ter* um assistente.

Fui embora do escritório do Sr. Jerome, observando ao sair que eram grandes as probabilidades de que não visse mais a mulher nem qualquer outro visitante peculiar na casa da falecida Sra. Drablow.

— Rezo para que não veja — disse o Sr. Jerome, e apertou minha mão com um ardor repentino, enquanto se despedia. — Rezo para que não veja.

— Não se preocupe — disse, soando despreocupado e animado de propósito, e desci as escadarias ligeiramente, deixando o Sr. Jerome com sua agitação.

Voltei a Gifford Arms e, em vez de telefonar, escrevi uma carta ao Sr. Bentley. Nela, descrevi a casa e sua montanha de papéis e expliquei que deveria ficar mais tempo do que o esperado e que aguardava notícias esclarecendo se ele queria que eu voltasse de uma vez a Londres e tomasse alguma outra providência. Também fiz uma pequena observação sobre a má reputação que a Casa do Brejo da Enguia tinha na região e disse que, por esse motivo — e também por outros um pouco mais mundanos — seria difícil encontrar alguma ajuda, embora estivesse ansioso para tentar. No entanto, tudo seria resolvido em uma semana, e eu providenciaria o despacho dos documentos que julgasse importantes para Londres.

Então, colocando a carta sobre a mesa no saguão para ser retirada ao meio-dia, saí e encontrei a bicicleta do dono do hotel. Um belo modelo antigo com uma grande cesta na frente, quase como aquelas usadas pelos entregadores de carne em Londres. Subi nela e pedalei para longe da praça, pegando uma das ruas laterais na direção do campo aberto. Era um dia perfeito para pedalar, frio o suficiente para fazer o vento queimar meu rosto enquanto eu seguia, iluminado e claro o suficiente para que eu pudesse ter uma boa visão em todas as direções daquela paisagem plana e livre.

Eu pretendia pedalar até a próxima vila, onde esperava encontrar outra hospedaria de interior e desfrutar de um pouco de pão com queijo e cerveja para o almoço, mas, ao chegar à última casa, não resisti ao ímpeto incrivelmente forte de parar e olhar, não para o oeste, onde poderia ver fazendas, campos e os telhados distantes de um vilarejo, mas para o leste. E lá estavam eles, aqueles brilhantes, envolventes e prateados brejos com o céu pálido no horizonte, descendo até encontrar a água do estuário. Uma leve brisa soprava deles, com hálito de sal. Mesmo a toda a distância, podia ouvir o silêncio misterioso e novamente sua beleza assombrosa e estranha causou uma reação profunda em mim. Eu não podia fugir daquele lugar, teria de voltar lá, não naquele momento, mas em breve; havia sido pego por algum feitiço do tipo que certos lugares exalam, e o daquele lugar me atraía, atraía minha imaginação, minhas lembranças, minha curiosidade e todo meu espírito em sua direção.

Durante um bom tempo, olhei, olhei e reconheci o que estava acontecendo comigo. Minhas emoções haviam se tornado tão voláteis e tão extremas, minhas reações nervosas tão próximas da superfície, tão rápidas e entusiasmadas que eu estava vivendo em outra dimensão; meu coração parecia bater mais rápido, meus passos eram mais ágeis, tudo o que eu via era mais brilhante, com contornos mais nítidos e definidos. E tudo isso desde o dia anterior. Fiquei imaginando se estava de alguma forma diferente em minha essência, de modo que quando voltasse para casa, meus amigos e familiares notariam a mudança. Sentia-me mais velho, como um homem que estivesse sendo testado, meio temeroso, meio fascinado, empolgado, completamente dominado.

Mas então, após lutar para conseguir suspender esse estado emocional agudo e com o objetivo de manter meu equilíbrio normal, decidi que faria um pouco de exercício. Virei a bicicleta, subi nela novamente e pedalei de maneira resoluta pela estrada, virando firmemente as costas para os brejos.

Aranha

Voltei cerca de quatro horas e 50 quilômetros depois, irradiando saúde e bem-estar. Havia pedalado com determinação pelo campo, vendo os últimos rastros do outono dourado fundindo-se com o início do inverno, sentindo o movimento do ar puro e frio em meu rosto, expulsando pela atividade física cada temor nervoso e pensamento mórbido. Havia encontrado a hospedaria de uma vila e comido meu pão com queijo e mais tarde ainda tomei a liberdade de entrar no celeiro de um fazendeiro para dormir por uma hora.

Voltando a Crythin Gifford, eu me sentia um novo homem, orgulhoso, satisfeito e, principalmente, ansioso e preparado para enfrentar e fazer frente ao pior que a casa da Sra. Drablow e aqueles sinistros brejos ao redor dela pudessem ter reservado para mim. Em resumo, estava provocador e também animado, e nesse estado virei a esquina que levava à praça e quase bati em um grande automóvel que tomava o retorno estreito na minha direção. Enquanto desviava, freava e dava um jeito de descer de meu veículo, vi que o carro pertencia ao meu companheiro de trem, o homem que estava comprando fazendas no leilão do dia anterior, o Sr. Samuel Daily. Ele ordenou que o motorista diminuísse a velocidade e se apoiou na janela para perguntar como eu estava.

— Acabei de dar um boa volta pelo campo, e farei justiça ao meu jantar esta noite — respondi alegremente.

O Sr. Daily ergueu as sobrancelhas.

— E quanto ao seu trabalho?

— A propriedade da Sra. Drablow? Ah, logo devo colocar tudo em ordem, embora tenha de confessar que levará mais tempo do que o esperado.

— Já foi até a casa?

— Certamente.

— Ah.

Por alguns instantes olhamos um para o outro, nenhum dos dois — aparentemente — querendo levar o assunto adiante. Então, preparando-me para subir novamente na bicicleta e sair de seu caminho, eu disse despreocupadamente:

— Para dizer a verdade, estou me divertindo. Estou achando tudo isso um desafio e tanto.

O Sr. Daily continuou a me olhar fixamente até que fui forçado a desviar o rosto e olhar para o outro lado, sentindo-me como um estudante pego se gabando de uma história inventada.

— Sr. Kipps — disse ele —, está otimista demais. Deixe-me oferecer o jantar pelo qual diz ter tanto apetite. Sete horas. O dono do hotel lhe dirá onde é minha casa. — Em seguida fez um sinal para o motorista, recostou-se e não voltou a olhar para mim.

Chegando ao hotel, comecei a fazer planos importantes para os dias que se seguiriam. Embora houvesse um fundo de verdade na afirmação do Sr. Daily, eu ainda estava bastante determinado e mais do que pronto para seguir em frente com o trabalho na Casa do Brejo da Enguia. Consequentemente, pedi que fosse preparado um cesto de provisões e então saí eu mesmo pela cidade e comprei alguns suprimentos extras — pacotes de chá, café, açúcar, pães, uma lata de biscoitos, tabaco fresco para o cachimbo, fósforos e assim por diante. Comprei também uma grande lanterna de mão e um par de galochas. No fundo da memória, tinha uma lembrança clara de minha caminhada nos brejos durante a neblina e a subida da maré. Se tivesse que passar por aquilo novamente — embora rezasse com fervor para que isso não acontecesse —, estava determinado a me preparar o máximo possível, pelo menos para qualquer eventualidade física.

Quando contei meu plano ao dono do hotel — que pretendia passar aquela noite hospedado lá e as próximas duas na Casa do Brejo da Enguia — ele não disse absolutamente nada, mas eu sabia muito bem que estava relembrando os mesmos momentos que eu, de como eu chegara batendo violentamente em sua porta naquela madrugada, com o choque do que havia vivenciado estampado no rosto. Quando perguntei se poderia pegar a bicicleta emprestada novamente, ele simplesmente concordou com a cabeça. Disse que queria manter o quarto e que, dependendo da rapidez com que conseguisse analisar os papéis da Sra. Drablow, partiria no final da semana.

Muitas vezes me perguntei o que aquele homem realmente pensava sobre mim e a empreitada que estava assumindo despreocupadamente, pois estava claro que ele sabia não apenas das histórias e rumores ligados à Casa do Brejo da Enguia, como também da verdade. Suspeito que ele preferisse que eu fosse embora de uma vez, mas achava que não devia emitir opinião nem alertar ou aconselhar. E meu comportamento aquele dia deve ter indicado claramente que eu não toleraria nenhuma oposição nem daria importância a qualquer aviso, ainda que viesse de dentro de mim. Estava inclinado a seguir meu plano quase com teimosia.

Foi o que o Sr. Daily confirmou em poucos instantes após minha chegada em sua casa naquela noite. Ele me observou e me deixou tagarelar, não dizendo nada durante a maior parte de nossa refeição.

Eu havia encontrado o caminho sem dificuldade e ficado bastante impressionado ao chegar. Ele vivia em um parque natural imponente e um tanto quanto austero, que me lembrava um lugar em que um personagem das novelas de Jane Austen poderia morar, com uma longa via de acesso ladeada por árvores que iam até uma entrada com pórtico, leões de pedra e vasos sobre pilares em cada um dos lados de um pequeno lance de escadas, um caminho balaustrado, dando para um gramado apagado e simétrico com cercas bem-aparadas. Todo o efeito era grandioso e um tanto quanto assustador, e além disso, de alguma forma, não combinava com o próprio Sr. Daily. Ele claramente havia comprado o lugar porque tinha dinheiro o suficiente para isso e porque era a maior casa da região, mas que, após tê-la comprado, não se sentia muito à vontade dentro dela. Fiquei imaginando quantos cômodos continuavam vazios e sem uso pela maior parte do tempo, pois, tirando alguns empregados, apenas ele e a esposa viviam ali, embora tivessem um filho, ele me disse, casado e pai de uma criança.

A Sra. Daily era uma mulher pequena e calma, com rosto coberto de pó, aparentemente tímida, ainda menos à vontade com o ambiente do que ele. Falou pouco, sorriu nervosamente, empenhada num trabalho elaborado em crochê com um tipo fino de algodão.

Apesar de tudo, ambos me acolheram calorosamente, a refeição estava excelente — faisão assado e uma enorme torta de melaço — e eu comecei a me sentir em casa.

Antes e durante o jantar, e também na hora do café — servido pela Sra. Daily na sala de estar —, ouvi a história da vida e da fortuna de Samuel Daily. Ele não chegava a ser prepotente, parecia mais exuberantemente feliz com sua empreitada e boa sorte. Listou os hectares e propriedades que possuía, o número de homens que empregava ou quem eram seus inquilinos, contou-me sobre os planos para o futuro que eram, até onde pude avaliar, simplesmente tornar-se o maior proprietário de terras do condado. Falou de seu filho e também do jovem neto, era para eles que estava construindo este império. As pessoas deviam invejá-lo e se ressentir dele, pensei, principalmente aqueles que competiam com ele pela compra de terras e propriedades. Mas certamente não podia ser malquisto. Era muito simples, direto e franco no que dizia respeito a suas ambições. Parecia astuto e ainda assim pouco sutil, um ávido negociador, mas perfeitamente honesto. No decorrer da noite, fui simpatizando cada vez mais com ele e confidenciando-me também, contando sobre as minhas próprias, embora aparentemente pequenas, ambições, caso o Sr. Bentley me desse uma oportunidade, e sobre Stella e nossos planos para o futuro.

Apenas quando a tímida Sra. Daily se retirou e estávamos no escritório, com uma garrafa de um bom vinho do porto e outra de uísque na pequena mesa entre nós, que ele tocou no assunto que me levara à sua casa.

O Sr. Daily me serviu uma generosa taça de vinho do porto e, ao entregá-la, disse:

— É um tolo se pretende continuar com isso.

Tomei um gole ou dois calmamente sem responder, embora algo na rispidez e brusquidão de sua fala tenha dado origem a uma centelha de medo dentro de mim, que reprimi rapidamente.

— Se está querendo dizer que eu deveria desistir do trabalho para o qual fui enviado aqui, virar as costas e fugir...

— Ouça-me, Arthur. — Ele havia começado a usar meu primeiro nome de modo afável, embora não tenha me dito para fazer o mesmo. — Não vou enchê-lo com histórias contadas pelas mulheres... descobrirá logo se perguntar por aí. Talvez já tenha descoberto.

— Não — eu disse — apenas indícios e o fato do Sr. Jerome ter ficado um pouco pálido.

— Mas você foi até lá.

— Fui até lá e tive uma experiência que não me importaria de vivenciar novamente, embora confesse não poder explicá-la.

E então lhe contei toda a história da mulher com o rosto abatido no funeral e no antigo cemitério, de minha caminhada pelo brejo na neblina e dos sons terríveis que ouvi por lá. Ele permaneceu sentado impassivelmente com a taça nas mãos, ouvindo sem me interromper até que eu chegasse ao final.

— Parece-me, Sr. Daily — disse eu —, que vi o fantasma que assombra o Brejo da Enguia e aquele cemitério, seja qual for. Uma mulher de preto com o rosto abatido. Porque não tenho dúvidas que ela seja o que as pessoas chamam de fantasma, que não era um ser humano real, vivo, que respira. Bem, ela não me fez mal algum, nem falou, nem chegou perto de mim. Não gostei de sua aparência e menos ainda do... poder que parecia emanar dela em minha direção, mas me convenci de que é um poder que não pode ir além de fazer com que eu sinta medo. Se eu for até lá e ela aparecer novamente, estarei preparado.

— E o pônei e a carroça?

Não pude responder porque, sim, aquilo foi pior, muito pior, mais aterrorizante porque foi apenas ouvido e não visto, e porque o grito daquela criança eu nunca, tinha certeza, esqueceria pelo resto de minha vida.

Balancei a cabeça.

— Não fugirei.

Senti-me forte sentado ali diante da lareira de Samuel Daily, decidido, corajoso e valente, e além disso — e ele reparou — eu me sentia orgulhoso de tudo. Era assim, eu pensei, que um homem ia para a batalha. Armado assim ele seria capaz de lutar com gigantes.

— Não deveria ir até lá.

— Receio que irei.

— Não deveria ir sozinho.

— Não consegui encontrar ninguém para ir comigo.

— Não — disse ele. — Nem encontrará.

— Deus do céu, homem, a Sra. Drablow viveu sozinha lá por... quanto tempo? Uns sessenta anos, até ficar bem velha. Ela deve ter entrado em acordo com todos os fantasmas da região.

— É — ele se levantou. — Talvez ela tenha feito isso. Venha, Bunce o levará para casa.

— Não, prefiro caminhar. Estou pegando gosto pelo ar fresco.

Acontece que eu havia ido de bicicleta, mas, confrontado com a grandiosidade da residência dos Daily, a escondera em uma vala do lado de fora dos portões, sentindo que não parecia certo entrar pedalando ali.

Enquanto agradecia a hospitalidade daquela noite e pegava meu casaco, ele pareceu estar pensando em algo e, no último instante, disse repentinamente:

— Está mesmo decidido?

— Estou.

— Então leve um cão.

Eu ri.

— Não tenho um cão.

— Eu tenho.

Então ele se pôs em minha frente e andou até sair da casa, desceu os degraus e foi para a lateral escura onde, supostamente, estavam situadas as dependências externas. Esperei, entretido e um tanto quanto tocado por sua preocupação comigo, especulando levemente sobre a utilidade que teria um cachorro contra a presença de qualquer espectro, mas não relutante em aceitar a oferta do Sr. Daily. Gostava bastante de cães e teria um companheiro de sangue quente naquela velha casa fria e vazia.

Após alguns minutos, ouvi os passos seguidos da pisada cadenciada do Sr. Daily.

— Leve-a — disse ele — e traga-a de volta quando terminar.

— Ela vira comigo?

— Fará o que eu mandar.

Olhei para baixo. Aos meus pés havia uma terrier pequena e robusta com pelagem malhada e olhos brilhantes. Ela abanou o rabo rapidamente, notando-me, mas ainda estava parada ao lado dos calcanhares do Sr. Daily.

— Qual o nome dela?

— Aranha.

O rabo da cadela balançou novamente.

— Certo — eu disse —, confesso que ficarei feliz com sua companhia. Obrigado. — Eu me virei e comecei a andar pela ampla entrada. Após alguns metros, virei-me chamei: — Aranha. Aqui. Venha, menina. Aranha. — A cadela sequer se mexeu e eu me senti um idiota.

Samuel Daily riu, estalou os dedos e disse uma palavra. De imediato, Aranha saltitou atrás de mim e parou obedientemente aos meus pés.

Peguei a bicicleta quando tive certeza que não podia mais ser visto da casa, e a cadela correu alegremente atrás de mim pela via tranquila, iluminada pela lua, até a cidade. Meus ânimos se elevaram. De uma forma esquisita, estava ansioso pelo dia seguinte.

No quarto de criança

Quando abri as cortinas, o clima continuava agradável e claro, havia sol e céu azul novamente. Eu dormira um sono leve e agitado, perturbado por lapsos de sonhos peculiares e desconexos. Talvez tenha comido e bebido demais na casa do Sr. Daily. Mas meu humor não havia mudado. Eu estava determinado e otimista quando me vesti, tomei o café da manhã e comecei a fazer os preparativos para minha estada na Casa do Brejo da Enguia. A cadelinha Aranha havia, para minha surpresa, dormido imóvel ao pé de minha cama. Eu já me afeiçoara a ela, embora conhecesse pouco sobre o comportamento dos cães. Ela era animada, cheia de vida e alerta, mas ainda assim totalmente obediente; a expressão em seus olhos brilhantes, adornada um pouco por pelos ásperos que se dispunham de uma maneira um tanto quanto cômica na forma de sobrancelhas salientes, parecia extremamente inteligente. Pensei que ficaria muito feliz com ela.

Passando um pouco das 9h, o dono do hotel me chamou para atender ao telefone. Era o Sr. Bentley, curto e grosso, pois odiava usar o aparelho. Havia recebido minha carta e concordava que eu deveria ficar até pelo menos ter conseguido entender do que se tratavam os papéis da Sra. Drablow e separado aqueles que precisavam ser trabalhados de todo o resto do lixo. Eu deveria empacotar e despachar tudo o que considerasse importante, deixar o restante na casa aos cuidados dos legatários em alguma data futura e voltar a Londres.

— É um lugar muito estranho — eu disse.

— Ela era uma mulher muito estranha. — E o Sr. Bentley bateu o fone com força, fazendo ressoar meu ouvido.

Por volta das 9h30 a cesta da bicicleta e os paneiros estavam prontos e eu parti, com Aranha saltitando atrás de mim. Não podia demorar mais para sair ou a maré subiria pela passagem e me ocorreu, enquanto passava pelos amplos brejos, que era um caminho sem volta, pelo menos por algum tempo — se tivesse deixado algo importante para trás, não poderia voltar para buscar por algumas horas.

O sol estava a pino, a água brilhava, tudo era luz, espaço e brilho, o próprio ar parecia estar de algum modo purificado e mais revigorante. Aves marítimas alçavam voo e pousavam, cinza-prateadas e brancas, e mais à frente, no fim do longo e reto caminho, a Casa do Brejo da Enguia esperava por mim.

Mais ou menos meia hora após minha chegada, ocupei-me em me estabelecer ali, domesticamente. Encontrei a louça e os talheres em uma cozinha um pouco sombria nos fundos da casa, lavei, sequei e deixei tudo à vista para uso futuro, e abri espaço em um canto da despensa para minhas provisões. Então, depois de procurar em gavetas e armários, encontrei lençóis e cobertores limpos e os estendi para tomar ar diante da lareira que eu havia acendido na sala de estar. Acendi outras lareiras também na pequena saleta e na sala de jantar e até consegui, depois de uma série de tentativas e erros, acender o grande fogão preto, de modo que esperava ter água quente para um banho à noite.

Então ergui as persianas, abri algumas janelas e me estabeleci em uma grande mesa em uma parte da sala que tinha, em minha opinião, a melhor vista do céu, dos brejos e do estuário. A meu lado coloquei dois baús cheios de papéis. Então, com um bule de chá do lado direito e Aranha aos meus pés, comecei a trabalhar. Era bastante tedioso, mas persisti pacientemente, desamarrando e examinando superficialmente maço após maço de velhos papéis inúteis antes de jogá-los em uma caixa vazia que havia colocado ao meu lado exatamente para isso. Havia contas domésticas antigas, faturas e recibos de comerciantes de mais de trinta ou quarenta anos antes, extratos bancários, receitas médicas e orçamentos de carpinteiros, vidraceiros e decoradores; muitas cartas de pessoas desconhecidas, cartões de Natal e aniversário, mas nada com data recente. Havia contas de lojas de departamentos em Londres e pedaços de listas de compras e medidas.

Reservei apenas as cartas para ler com atenção depois. Todo o restante era lixo. De tempos em tempos, para aliviar o tédio, eu olhava pelas grandes janelas para os brejos ainda sem sombra nenhuma e de uma beleza tranquila sob o sol do inverno. Preparei o almoço com presunto, pão e cerveja e um pouco depois das 14h chamei Aranha e saí. Sentia-me muito calmo e alegre, com algumas cãibras depois de ter passado a manhã sentado, um pouco entediado, mas nem um pouco nervoso. Na verdade, todos os horrores e aparições de minha primeira visita à casa e aos brejos haviam evaporado, junto à névoa que havia, naquele período curto de tempo, me tragado. O ar estava límpido e fresco, e caminhei pelo perímetro de terra em que ficava a Casa do Brejo da Enguia, jogando vez ou outra um graveto para o cachorro perseguir alegremente e trazer de volta, respirando profundamente o ar puro, totalmente relaxado. Arrisquei inclusive uma caminhada até as ruínas do cemitério e Aranha entrou e saiu, procurando por coelhos reais ou imaginários, cavando aqui e ali em um surto frenético com as patas da frente e saltando com empolgação. Não vimos ninguém. Nenhuma sombra pela grama.

Perambulei entre as velhas lápides por um tempo, tentando decifrar alguns dos nomes, mas não obtive sucesso e cheguei ao canto em que, da última vez, estivera a mulher de preto. Ali, na lápide na qual — eu tinha certeza absoluta de que me lembrava corretamente — ela se apoiara, achei que podia ler o nome Drablow:

as letras estavam incrustadas com sal, que suponho ter sido trazido com o vento proveniente do estuário durante anos de inverno.

>Em Mem... de...
>...net Drablow
>...190...
>...e de se...
>...iel ...low
>Nas...

Lembrei-me que o Sr. Jerome havia dado a entender que existiam alguns túmulos da família Drablow — que não eram mais usados — fora do cemitério da igreja, e supus que aquela era a última morada de antigos ancestrais. Mas era quase certo que não havia nada e ninguém, exceto ossos antigos, e senti-me tranquilo, sem medo, parado ali, contemplando o cenário e o lugar que antes me parecera sombrio, sinistro, perverso, mas agora — eu podia ver — não passava de melancólico por estar deteriorado e vazio. Era o tipo de lugar que — há cem anos ou mais — poetas românticos frequentariam e se inspirariam para compor poemas tristes e melosos.

Voltei para a casa com a cadela, pois o ar já estava ficando mais frio e o céu perdia a luminosidade conforme o sol se punha.

Do lado de dentro, fiz mais um pouco de chá, aumentei o fogo das lareiras e voltei a organizar aqueles papéis chatíssimos. Passei os olhos aleatoriamente pelas estantes de livros na sala de estar e escolhi algo para ler à noite, uma novela de Walter Scott e um volume de poesia de John Clare. Levei-os para cima e os coloquei sobre o criado-mudo do pequeno quarto de que eu decidira me apropriar, principalmente por ser na frente da casa, mas não tão grande e frio quando os outros e, portanto, pensei, provavelmente mais aconchegante. Da janela eu podia ver a parte do brejo que ficava afastada do estuário e, se esticasse o pescoço, a linha da Passagem das Nove Vidas.

Fiquei trabalhando até anoitecer, quando ficou escuro, então acendi todas as lâmpadas que encontrei, puxei as cortinas e peguei mais carvão e madeira para as lareiras em um abrigo do lado de fora, que localizei perto da porta da copa.

A pilha de papel inútil crescia na caixa, em contraste com os poucos pacotes que separei para examinar com mais cuidado, e peguei outras caixas e gavetas cheias pela casa. Naquele ritmo, eu levaria no máximo mais um dia e meio. Tinha uma taça de xerez e um limitado, embora nada desagradável, jantar, que compartilhei com Aranha. Depois, cansado de trabalhar, dei uma última volta do lado de fora e tranquei a casa.

Tudo estava em silêncio, não havia sequer a menor brisa. Eu mal podia ouvir o barulho da progressão da água. Todos os pássaros já tinham se escondido há tempos para a noite. Os brejos estavam negros e quietos, estendendo-se por quilômetros diante de mim.

Eu relembrei os acontecimentos — ou melhor, os não acontecimentos —daquele dia na Casa do Brejo da Enguia com a maior riqueza de detalhes que podia para recordar que estava em um estado mental calmo e um tanto quanto equilibrado. E que os eventos estranhos que haviam me enervado e assustado seriam esquecidos. Se cheguei a pensar neles, foi com desdém. Nada mais havia acontecido, nenhum mal se abatera sobre mim. O dia e a noite haviam sido calmos, desinteressantes, comuns. Aranha era uma companhia excelente e eu ficava contente com o som de sua respiração leve, seus arranhões aleatórios ou seus latidos naquela velha casa grande e vazia. Mas minha principal sensação era de tédio e de uma certa letargia combinados com o desejo de terminar aquele trabalho e estar de volta a Londres com minha queria Stella. Lembrei que pretendia dizer a ela que deveríamos arrumar um cachorrinho, o mais parecido com Aranha possível, assim que tivéssemos nossa casa. Na verdade, decidi perguntar ao Sr. Samuel Daily se, caso Aranha tivesse filhotes, ele poderia me dar um.

Eu trabalhara assiduamente e com concentração e saído para tomar ar fresco e me exercitar. Por cerca de meia hora depois de ir para a cama, li *The Heart of Midlothian*, com a cadela deitada em um pano ao pé de minha cama. Acho que devo ter caído no sono apenas alguns instantes após ter apagado a luz, e dormido profundamente também, pois quando acordei — ou fui acordado — repentinamente, senti-me um pouco aturdido e incerto por um ou dois segundos, sem saber onde estava e por quê. Notei que estava bem escuro, mas quando consegui focar completamente os olhos, vi a luz da lua entrar, uma vez que não havia fechado as pesadas e grossas cortinas, e deixara a janela levemente entreaberta. A lua caía sobre a colcha bordada e sobre a madeira escura do guarda-roupa e do baú e do espelho com uma luz fria, porém bela, e pensei em levantar da cama e olhar para os brejos e para o estuário pela janela.

A princípio, tudo pareceu muito calmo e silencioso, e me perguntei por que havia acordado. Então, com o coração na boca, percebi que Aranha estava de pé, parada na porta. Todos os pelos de seu corpo estavam eriçados, as orelhas erguidas, o rabo ereto e o corpo inteiro tenso, como se estivesse pronta para atacar. E ela emitia um rosnado baixo no fundo da garganta. Sentei-me, paralisado na cama, consciente apenas da cadela e do arrepio em minha própria pele e do que pareceu, de repente, ser um tipo diferente de silêncio, ameaçador e aterrorizante. E então, de algum lugar nas profundezas da casa — mas não muito longe do quarto onde eu estava — escutei um barulho. Era um barulho fraco e, por mais que eu forçasse os ouvidos, não conseguia distinguir exatamente o que era. O som parecia um solavanco ou estrondo regular, mas intermitente. Não aconteceu mais nada. Não havia passos, nenhum rangido nas tábuas de madeira do piso, o ar estava absolutamente calmo, o vento não uivava pelo caixilho da janela. Apenas o barulho abafado permanecia e a cadela continuava de pé, rosnando para a porta, colocando o focinho no vão de baixo e fungando, dando um passo para trás com a cabeça inclinada, como eu, ouvindo. De vez em quando ela rosnava novamente.

No final, suponho que por não ter acontecido mais nada e por ter a cadela para levar comigo, consegui sair da cama, embora estivesse trêmulo e meu coração batesse muito rápido dentro do peito. Mas levou algum tempo até que reunisse coragem suficiente para abrir a porta do quarto e sair no corredor escuro. Quando consegui, Aranha saiu em disparada e ouvi seus passos, fungando atentamente em todas as portas fechadas, ainda rosnando e resmungando baixinho.

Depois de um tempo, ouvi o estranho som novamente. Parecia vir do corredor à minha esquerda, na outra ponta. Mas ainda era um tanto impossível identificá-lo. Com muito cuidado, escutando, quase sem respirar, arrisquei dar alguns passos naquela direção. Aranha foi na frente. A passagem levava apenas a três outros quartos, um de cada lado. Recobrando a coragem, abri-os e olhei dentro de cada um deles. Nada, apenas mobília pesada antiga e camas vazias e desfeitas. Nos quartos que davam para o fundo da casa, luz da lua. Abaixo de mim, no andar térreo da casa, silêncio, um silêncio tempestuoso, uniforme, quase tangível, e uma escuridão bolorenta, grossa como o feltro.

E então cheguei à porta do fim do corredor. Aranha chegou antes de mim e seu corpo, ao fungar debaixo dela, ficou rígido, e seu rosnado mais alto. Coloquei a mão em sua coleira, acariciei o pelo curto e áspero, mais para tranquilizar a mim mesmo do que a ela. Podia sentir a tensão em seus membros e corpo, e ela equivalia à minha.

Era a porta sem fechadura que eu não conseguira abrir em minha primeira visita à Casa do Brejo da Enguia. Eu não tinha ideia do que havia atrás dela. A não ser o som. Ele vinha daquele quarto, não muito alto, mas bem perto, do outro lado daquela divisória de madeira. Era o som de algo batendo levemente no piso, de modo meio ritmado, um tipo de som familiar, mas ao mesmo tempo eu não sabia exatamente de quê, um som que parecia pertencer ao meu passado, despertar lembranças antigas e meio esquecidas e associações dentro de mim, um som que, em qualquer outro lugar, não teria me deixado com medo. Em vez disso seria curiosamente reconfortante, cordial.

Mas aos meus pés a cadela Aranha começou a choramingar — um resmungo fino, lastimável e assustado — e a se afastar um pouco da porta e encostar-se em minhas pernas. Minha garganta estava apertada e seca, e eu começara a tremer. Havia algo no quarto e eu não podia chegar até lá, nem ousaria se pudesse. Disse a mim mesmo que devia ser um rato ou pássaro preso, caído pela chaminé da lareira e incapaz de sair novamente. Mas o som não era o de uma criatura pequena e apavorada. Bam-bam. Pausa. Bam-bam. Pausa. Bam-bam. Bam-bam. Bam-bam.

Acho que poderia ter ficado ali, perplexo e aterrorizado, a noite toda, ou saído correndo da casa com a cadela, se não tivesse escutado outro som fraco. Vinha detrás de mim, não diretamente atrás, mas da frente da casa. Virei as costas para a porta trancada e voltei, tremendo, tateando pela parede, ao meu quarto, guiado pelo pouco de luz da lua que chegava à escuridão do corredor. A cadela ia meio passo à frente.

Não havia nada no quarto, a cama estava como eu a havia deixado, nada estava alterado; então percebi que os sons não vinham de dentro do quarto, mas de fora dele, além da janela. Abri-a o máximo possível e olhei para fora. Ali estavam os brejos, prateados e vazios, e a água do estuário, plana como um espelho com a lua cheia refletida nela. Nada. Ninguém. Exceto — como o ruído bem ao longe, de modo que fiquei me perguntando se não estava lembrando e revivendo a memória — por um grito, um grito de criança. Mas não. Uma leve brisa movimentou a superfície da água, formando ondulações, passando com indiferença pelos juncais e indo embora. Nada mais.

Senti algo quente em meu tornozelo e, olhando para baixo, vi que era Aranha, muito perto de mim, lambendo gentilmente minha pele. Quando a acariciei, percebi que estava calma novamente, o corpo relaxado, as orelhas abaixadas. Parei para escutar. Não havia qualquer som na casa. Depois de um tempo, voltei pela passagem até a porta fechada. Aranha me acompanhou alegremente e parou, obediente, talvez esperando que a porta fosse aberta. Encostei a cabeça na madeira. Nada. Silêncio absoluto. Coloquei a mão na maçaneta, hesitei ao notar que meu coração voltava a acelerar, mas respirei fundo várias vezes e tentei abrir a porta. Ela não abria, embora seu rangido ecoasse dentro do quarto, como se não houvesse carpete no chão. Tentei mais uma vez e empurrei de leve com ombro. Ela não cedeu.

No fim, voltei para a cama. Li mais dois capítulos do romance de Scott, sem entender totalmente o significado, e então desliguei a luz. Aranha havia se acomodado novamente no tapete. Era pouco depois das 2h.

Passou-se um longo tempo até que eu conseguisse dormir.

A primeira coisa que notei na manhã seguinte foi uma mudança no tempo. Assim que acordei, pouco antes das 7h, senti uma umidade no ar, uma queda na temperatura e, quando olhei pela janela, mal pude ver a divisão entre terra, água e céu. Tudo era de um cinza uniforme, com uma nuvem densa pairando sobre o brejo e uma chuva fina. Não era um dia feito para elevar os ânimos e eu me sentia cansado e nervoso devido à noite anterior. Mas Aranha desceu as escadas com vontade e alegria suficientes para que eu logo acendesse novamente as lareiras, abastecesse a caldeira, tomasse um banho e o café da manhã e começasse a me sentir mais próximo do normal. Até cheguei a subir novamente e ir até o quarto com a porta trancada, mas não havia nenhum som estranho vindo dali — não havia som algum.

Às 9h eu saí, pegando a bicicleta e pedalando rápido para atingir uma boa velocidade para atravessar a passagem e chegar às estradinhas de Crythin, com Aranha correndo atrás de mim e desacelerando de vez em quando para cavar um buraco ou perseguir alguma criatura que passasse correndo pelos campos.

A esposa do dono do hotel reabasteceu minha cesta com muita comida e comprei mais na mercearia. Falei rapidamente com os dois — e com o Sr. Jerome que encontrei na rua — e em tom de brincadeira, sem fazer nenhum comentário sobre o trabalho na Casa do Brejo da Enguia. À luz do dia, mesmo no caso de uma manhã úmida e fatigante, renovei novamente meu ânimo e determinação e expulsei a melancolia da noite. Além disso, recebi uma carta carinhosa de Stella, cheia de exclamações agradáveis dizendo que sentia minha falta e estava orgulhosa de minha nova responsabilidade, e foi com esse calor guardado no bolso que pedalei de volta na direção dos brejos e da casa, assobiando no caminho.

Embora ainda não fosse hora do almoço, fui obrigado a acender todas as luzes da casa, pois o dia estava nublado e a iluminação era pobre demais para trabalhar, mesmo diretamente em frente à janela. Olhando para fora, vi que a névoa e o chuvisco haviam aumentado de modo que mal era possível ver além da grama que cercava as bordas da água e, à medida que a tarde começou a cair, eles se fundiram, dando origem a uma neblina. Foi então que a coragem me abandonou e decidi arrumar as coisas e voltar ao conforto da cidade. Fui até a porta da frente e saí. De uma só vez, a umidade aderiu ao meu rosto e minhas roupas como uma teia fina. O vento estava mais forte, saindo do estuário e atravessando meus ossos com sua frieza bruta. Aranha correu 1 ou 2 metros, depois parou e olhou para mim, incerta, nem um pouco ansiosa para ir mais longe naquele tempo horrível. Eu não podia ver as ruínas nem os muros do antigo cemitério, do outro lado do campo, pois o tempo nublado e a névoa os haviam apagado. Da mesma forma, não podia ver o caminho da passagem, não apenas por causa disso, mas também porque a maré o havia coberto completamente. Só bem tarde da noite a passagem estaria liberada novamente. Eu não poderia, afinal de contas, voltar a Crythin Gifford.

Assobiei para o cachorro, que veio rapidamente e de bom grado, e voltei aos papéis da Sra. Drablow. Até então só havia encontrado um embrulho fino de documentos e cartas que pareciam interessantes, e decidi que me proporcionaria a possível diversão de lê-los aquela noite, após o jantar. Enquanto isso, olhei várias pilhas de lixo e fiquei feliz em ver muitas caixas e gavetas já vazias, e deprimido com aquelas que ainda estavam cheias e intocadas.

O primeiro maço de cartas, empacotado e amarrado com uma fita estreita e violeta, era todo escrito com a mesma letra, e elas datavam de um mês de fevereiro de cerca de sessenta anos antes, e do verão do ano seguinte.

Foram enviadas, a princípio, do solar de uma vila que me lembro, pelo mapa, ficar a uns 30 quilômetros de Crythin Gifford, e depois de um chalé no interior da Escócia, além de Edimburgo. Todas estavam endereçadas a "Minha cara" ou "Querida Alice" e assinadas na maior parte por "J", mas às vezes aparecia "Jennet". Eram cartas breves, escritas de um modo direto e um tanto quanto ingênuo e a história que contavam era tocante, embora não particularmente estranha. A remetente, uma jovem que ao que tudo indicava era parente da Sra. Drablow, era solteira e tinha um filho. No início, ela ainda morava em casa, com os pais; depois, fora mandada embora. Havia pouquíssimas menções ao pai da criança, exceto algumas referências a P. "P não voltará aqui". E: "Acho que P foi mandado para o exterior". Na Escócia, ela deu à luz um filho e escreveu sobre ele com uma afeição desesperada. Por alguns meses, as cartas cessaram, mas quando foram retomadas, primeiro continham indignação fervorosa e protesto; depois, uma amargura silenciosa e resignada. Ela estava sendo pressionada a entregar o filho para adoção, mas se recusava, dizendo repetidas vezes que eles "nunca seriam separados".

"Ele é meu. Por que não posso ter o que é meu? Ele não deve ir para estranhos. Eu mataria a nós dois se tivesse que deixá-lo ir."

Então o tom mudava.

"O que mais posso fazer? Estou impotente. Se você e M ficassem com ele eu não acharia tão ruim". E novamente. "Acho que é assim que deve ser."

No final da última carta estava escrito com letra pequena e apertada: "Ame-o, cuide dele como se fosse seu. Mas ele é meu, meu, não pode *nunca* ser seu. Oh, perdoe-me. Acho que meu coração vai se partir. J."

No mesmo embrulho havia um documento simples escrito por um advogado, declarando que Nathaniel Pierston, nascido de Jennet Humfrye, havia se tornado filho por adoção de Morgan Thomas Drablow, da Casa do Brejo da Enguia, Crythin Gifford, e de sua esposa Alice. Junto a este havia três outros papeis. O primeiro era uma referência de uma certa Sra. M. — de Hyde Park Gate — para uma ama-seca chamada Rose Judd.

Eu lera isto e colocara tudo de lado, e estava prestes a abrir o próximo, uma folha dobrada ao meio, quando olhei repentinamente para a frente, assustado com um barulho.

Aranha estava na porta, rosnando baixo como na noite anterior. Olhei para ela e vi que os pelos de suas costas estavam eriçados. Por um instante permaneci sentado, muito assustado para me mover. Depois lembrei-me da decisão de procurar os fantasmas da Casa do Brejo da Enguia e confrontá-los, pois estava certo — ou havia estado certo durante o dia — de que quanto mais fugisse dessas coisas, mais elas viriam atrás de mim e da cadela aos meus pés, e maiores seriam seus poderes para me perturbar. Assim, coloquei os papéis sobre a mesa, levantei-me e fui calmamente até a porta da pequena saleta na qual eu estivera sentado.

Subitamente, Aranha disparou como se estivesse atrás de uma lebre e subiu as escadas, ainda rosnando. Ouvi-a passar pelo corredor no andar de cima e parar. Ela havia ido até a porta trancada, e mesmo do andar de baixo eu podia ouvir novamente o estranho, fraco e ritmado som — bam-bam, pausa, bam-bam, pausa, bam-bam...

Determinado a arrombar a porta se fosse possível e a identificar o barulho e aquilo que o causava, fui até a cozinha e a copa em busca de um martelo forte, um cinzel ou outra ferramenta para forçar a porta. Não encontrando nada ali e lembrando que havia um machado de madeira na dependência externa onde ficava armazenado o combustível, abri a porta dos fundos e, levando a lanterna comigo, saí.

Ainda havia uma névoa e a umidade da chuva fina no ar, embora nada parecida com a neblina densa e vertiginosa da noite em que cruzei o caminho da passagem. Mas estava muito escuro: não havia nem luar, nem estrelas visíveis, e eu tropecei a caminho do galpão, apesar da luz da lanterna.

Quando já havia localizado o machado e estava voltando para a casa, ouvi o barulho e, quando o ouvi, tão próximo que pensei que estava a apenas alguns metros da casa, virei-me em vez de continuar e andei rapidamente até a porta da frente, esperando encontrar um visitante.

Ao chegar ao cascalho, apontei a lanterna para a escuridão, na direção do caminho da passagem. Era de lá que vinha o clope-clope dos cascos do pônei e o ruído da carroça, mas eu não conseguia ver nada. E então, com um terrível gemido de compreensão, eu soube. Não havia visitante — pelo menos nenhum visitante real, humano —, não era Keckwick. O barulho começava a vir de outra direção agora, como se o pônei e a carroça tivessem deixado o caminho da passagem e seguido para o brejo.

Fiquei ali parado, horrivelmente assustado, prestando atenção em meio à escuridão e a névoa, tentando detectar alguma diferença entre aquele som e o de um veículo real. Mas não havia. Se eu pudesse ter saído correndo, enxergado o caminho, certamente conseguiria alcançá-lo, subir nele, desafiar seu condutor. Mas naquela situação, eu não podia fazer nada além de esperar, parado como uma pedra, congelado de medo e ainda assim num turbilhão de nervosismo e apreensão, fantasias e reações por dentro.

Então percebi que a cadela havia descido e estava ao meu lado sobre o cascalho, com o corpo absolutamente rijo, orelhas erguidas, olhando para o brejo e para a fonte. A carroça estava mais longe agora, o som de suas rodas ficando abafado, e depois começou um ruído de água espirrando e de lama agitada, o ruído do pônei afundando apavorado. Estava acontecendo: todo o veículo se tornara presa da areia movediça e estava afundando. Houve um terrível momento em que as águas começaram a se fechar ao redor dele e a borbulhar, e então, por cima de tudo, por cima dos gemidos e da luta do pônei, o grito de criança, que crescia até virar um berro de terror, lentamente sufocado e afogado; e, finalmente, o silêncio.

E depois mais nada, salvo as agitações e redemoinhos da água ao longe. Todo o meu corpo tremia, minha boca estava seca, as palmas das mãos feridas onde eu enterrara as unhas enquanto esperava, impotente, ouvindo aquela sequência terrível de sons se repetir novamente, como se repetiria em minha cabeça milhares de vezes para sempre.

Que o pônei, a carroça e a criança que gritava não eram reais, não havia sombra de dúvidas, que seu passeio final pelos brejos e seu desaparecimento na traiçoeira areia movediça não havia acontecido a centenas de metros de mim, na escuridão, disso eu agora tinha certeza. Mas também tinha certeza de que um dia, sabe-se lá há quanto tempo, mas um dia de verdade, essa atrocidade havia realmente acontecido, ali no Brejo da Enguia. Um pônei e uma carroça com uma pessoa conduzindo e uma criança como passageiro haviam sido engolidos e afogados em poucos instantes. Só de pensar naquilo, sem contar na horrível repetição fantasmagórica de todo o acontecimento, fiquei mais aflito do que era capaz de suportar. Fiquei tremendo de frio pela névoa, o vento da noite, e o suor que rapidamente esfriava meu corpo.

E então, com o pelo eriçado e olhos assustados, a cadela Aranha deu alguns passos para trás, ergueu um pouco as patas dianteiras e começou a uivar, um uivo alto, prolongado, agonizante e amedrontador.

No final, foi necessário pegá-la e carregá-la para dentro, pois não se movia por mais que eu tentasse chamá-la. Seu corpo estava rijo em meus braços e ela estava claramente atormentada. Coloquei-a no chão da entrada e ela se apertou contra meus pés.

Curiosamente, foi seu medo que me convenceu a manter o controle, mais ou menos como uma mãe que se sente obrigada a fazer cara de corajosa para acalmar o filho assustado. Aranha era apenas uma cadela, mas eu me sentia obrigado da mesma forma a tranquilizá-la e, ao fazê-lo, conseguia me acalmar e reunir algumas forças. Mas após alguns momentos deixando-me acariciá-la e abraçá-la, Aranha escapou e, novamente alerta e rosnando, subiu as escadas. Segui-a rapidamente, acendendo todas as luzes que podia no caminho. Como eu esperava, ela havia ido até a porta trancada no fim do corredor, e eu já podia ouvir o barulho, aquela batida irritantemente familiar que me atormentava pela impossibilidade de identificá-la.

Eu estava respirando muito rápido por ter corrido, e meu coração parecia saltar loucamente em meu peito. Se já estava com medo do que havia acontecido até agora naquela casa, quando cheguei ao fim do pequeno corredor e vi o que vi, meu medo atingiu um novo patamar, cheguei até a pensar que morreria de pavor, que *já estava* morrendo, porque não conseguia conceber que um homem fosse capaz de suportar tamanho choque e sobressalto e continuar vivo, muito menos lúcido.

A porta do quarto de onde vinha o barulho, a porta que estava muito bem fechada de modo que eu sequer consegui arrombar, a porta para a qual não havia chave — aquela porta estava aberta. Escancarada.

Do outro lado havia um quarto totalmente escuro, com exceção dos primeiros metros perto da entrada, e a luz fosca da lâmpada do patamar da escada jogava alguma iluminação sobre o brilhoso piso marrom. Lá de dentro, eu pude ouvir aquele barulho — agora mais alto porque a porta estava aberta — e o som da cadela que andava ansiosamente por lá, farejando e fungando.

Não sei quanto tempo fiquei ali apavorado, tremendo e perplexo. Perdi toda a noção de tempo e de realidade. Minha cabeça era um turbilhão de pensamentos confusos e emoções, visões de fantasmas e de invasores reais de carne e osso, ideias de assassinato e violência, e toda sorte de medos estranhos e distorcidos. E durante todo esse tempo a porta permaneceu aberta e o barulho do balanço continuou. De balanço. Sim. Cheguei a essa conclusão, porque havia descoberto o que era o som que vinha do quarto — ou pelo menos a que eu o associava. Era o som dos pés de madeira da cadeira de balanço de minha babá, que se sentava ao meu lado todas as noites quando eu era pequeno, na hora de dormir, balançando e balançando. Às vezes, quando eu estava doente e febril, ou acordava das torturas de um pesadelo, ela ou minha mãe me tiravam da cama e sentavam comigo naquela cadeira, segurando-me e balançando até eu estar calmo e sonolento novamente.

O som que estava ouvindo eu conhecera anos atrás, em uma época anterior a qualquer lembrança mais clara. Era um som que significava conforto e segurança, paz e tranquilidade, um som ritmado e regular no fim do dia, que me fazia dormir e invadia meus sonhos, um som que significava que uma das duas pessoas que mais amava e de quem era mais próximo no mundo estava por perto. Então, enquanto ficava ali parado no corredor, ouvindo, o som começou a exercer o mesmo efeito sobre mim até eu me sentir hipnotizado por ele, em um estado de torpor e calma. Os medos e tensões em meu corpo começaram a se esvair, eu respirava lenta e profundamente e sentia um calor subindo por meus membros. Sentia que nada poderia me fazer mal ou assustar, pois tinha um protetor e guardião bem perto. E, de fato, talvez tivesse, talvez tudo o que havia aprendido e em que havia acreditado em meu quarto de criança sobre espíritos celestiais invisíveis nos cercando, apoiando e protegendo fosse realmente verdade; ou talvez fosse apenas o fato de minhas lembranças, suscitadas pelo barulho do balanço, serem tão positivas e poderosamente fortes a ponto de passarem por cima de todas os pensamentos sinistros, alarmantes, malignos e perturbadores.

Qualquer que fosse o caso, eu sabia que agora tinha coragem o suficiente para entrar naquele quarto e enfrentar o que houvesse ali e então, antes que me faltasse convicção e meus medos retornassem, entrei com a maior determinação, coragem e firmeza possíveis. Coloquei a mão no interruptor de luz que havia na parede, mas ao pressioná-lo não veio iluminação alguma e, ao apontar a lanterna para o teto, vi que o bocal estava sem lâmpada. O feixe de minha própria lanterna era bastante forte e brilhante, e ofereceu luz suficiente para o que precisava e, quando entrei no quarto, Aranha ganiu alto em um canto, mas não veio até mim. Lentamente e com muito cuidado, olhei ao redor.

Era praticamente igual ao quarto de que eu me lembrara há pouco, o quarto ao qual pertencia o som que eu identificara. Era um quarto de criança. Havia uma cama no canto, do mesmo tipo estreito, de madeira, em que eu dormia. E ao lado dela, virada para uma lareira, estava a cadeira de balanço que também era a mesma, ou muito parecida, baixa, de encosto reto e alto de ripas de madeira escura — talvez olmo, com pés grandes, desgastados e curvos. Fiquei observando, olhando fixamente até não aguentar mais, a cadeira balançar de leve, diminuindo a velocidade gradualmente, do modo como qualquer cadeira como aquela continuaria a balançar por um tempo após alguém se levantar dela.

Mas ninguém estava ali. O quarto estava vazio. Qualquer um que tivesse saído de lá teria de passar pelo corredor e daria de cara comigo. Eu precisaria ter aberto caminho para a pessoa passar.

Iluminei rapidamente toda a parede com a lanterna. Havia o peitoral da chaminé e a lareira, a janela fechada e aferrolhada e duas barras de madeira atravessadas sobre ela, como em todos os quartos de crianças, para impedir que elas caiam. Não havia outra porta.

Gradualmente, a cadeira começou a balançar cada vez menos, até que os movimentos ficaram tão leves que eu mal podia vê-los ou ouvi-los. Então pararam completamente e o silêncio tornou-se absoluto.

O quarto estava totalmente mobiliado e equipado, tão arrumado que parecia que seu ocupante havia saído por apenas uma ou duas noites, ou até mesmo simplesmente para uma caminhada. Não havia nem sinal da sensação de umidade, vazio e falta de uso do restante dos cômodos da Casa do Brejo da Enguia. Com atenção e cuidado, quase prendendo a respiração, explorei-o. Olhei para a cama, completamente arrumada com lençóis, travesseiros, cobertores e colcha. Ao lado dela, havia uma mesinha onde repousavam um cavalinho de madeira e um castiçal com a vela pela metade, porém no lugar certo, ainda com água no suporte. Na cômoda e no armário havia roupas, roupas íntimas, roupas para o dia a dia, roupas formais, roupas de brincar, roupas para um garotinho de 6 ou 7 anos, bonitas e bem-feitas, no estilo daquelas que meus pais usavam quando crianças naquelas fotografias tradicionais que ainda temos pela casa, no estilo de sessenta ou mais anos atrás.

Havia também os brinquedos de criança, muitos, e todos eles organizados impecável e meticulosamente, além de bem-conservados. Soldadinhos de chumbo enfileirados por regimentos e uma fazenda montada em um grande painel com celeiros e cercas pintadas, pilhas de feno e montes de milho. Havia a maquete completa de um navio com mastros e velas de linho, um pouco amareladas pelo tempo, e uma tira de couro ao lado de um pião polido. Havia jogos de ludo e de halma, damas e xadrez, quebra-cabeças com paisagens do campo e circos e com a pintura do quadro "Boyhood of Raleigh". Em um pequeno baú de madeira havia um macaco feito de couro e uma gata e quatro gatinhos tricotados em lã, um urso peludo e um boneco careca com cabeça de porcelana e traje de marinheiro. O menino tinha canetas, pincéis, potes de tintas coloridas, um livro de versinhos infantis, outro de histórias gregas, uma bíblia, um livro de orações, um par de dados, dois pacotes de cartas de baralho, uma trombeta em miniatura, uma caixinha de música pintada da Suíça e um Black Sambo feito de lata com braços e pernas articulados.

Peguei algumas coisas, passei a mão e até cheirei. Deviam estar ali há meio século e parecia que alguém havia brincado com elas naquela tarde e as limpado à noite. Eu não estava mais com medo. Estava intrigado. Sentia-me estranho, diferente de mim mesmo. Movimentava-me como se estivesse em um sonho. Naquele momento, pelo menos, não havia nada que me assustasse ou machucasse, apenas o vazio, uma porta aberta, uma cama arrumada e um curioso ar de tristeza, de algo perdido, faltando, de modo que senti desolação e tristeza em meu próprio coração. Como posso explicar? Não posso. Mas eu me lembro que senti.

A cadela estava quieta, sentada em um tapete ao lado da cama da criança e no final, por ter examinado tudo e não poder explicar nada, e também por não querer passar mais tempo naquele ar triste, saí após dar uma última olhada em volta, fechando a porta.

Não era tarde, mas eu não tinha mais energia para continuar lendo os papéis da Sra. Drablow. Sentia-me esgotado, exausto. Todas as emoções que haviam entrado e saído de mim deixaram-me como algo atirado em uma praia calma no fim de uma tempestade.

Preparei uma bebida com água quente e brandy e fiz a ronda na casa, cobrindo o fogo das lareiras com cinzas e trancando as portas antes de me recolher para ler Walter Scott.

Pouco antes, fui até a passagem que dava para o quarto de criança. A porta ainda estava fechada como eu a havia deixado. Tentei escutar, mas não havia som algum vindo de dentro. Não perturbei o silêncio nem o vazio novamente, voltei quieto para meu quarto, na frente da casa.

Assobie e irei até você

Durante a noite o vento aumentou. Enquanto lia deitado, havia notado as lufadas mais fortes que de vez em quando atingiam os caixilhos. Mas quando acordei de forma abrupta no meio da madrugada, sua força havia aumentado consideravelmente. A casa parecia um navio no mar, golpeada pelo vendaval que atravessava o brejo com seu rugido. Janelas batiam por todos os lados e ouvia-se um lamento descendo por todas as chaminés da casa e um assobio vindo de cada fenda e rachadura.

Primeiro, fiquei assustado. Depois, enquanto permanecia deitado em silêncio, recobrando meu juízo, refleti sobre há quanto tempo a Casa do Brejo da Enguia estava ali, firme como um farol, totalmente solitária e exposta, suportando o impacto de inverno após inverno de vendavais, tempestades, granizo e garoas. Era improvável que fosse abaixo justamente naquela noite. E então, minhas memórias de infância foram novamente reviradas e revivi com nostalgia todas as noites em que me deitara em segurança no calor e no conforto de minha cama no quarto de cima da casa de minha família em Sussex, ouvindo o vento rugir como um leão, uivar para as portas e bater nas janelas, mas ser incapaz de me alcançar. Recostei-me e caí naquele agradável estado de transe entre o sono e o despertar, relembrando o passado e todas as suas emoções e sensações com nitidez, até sentir que voltava a ser um garotinho.

Então de algum lugar daquela escuridão imensa, um grito chegou aos meus ouvidos, catapultando-me de volta ao presente e acabando com toda a tranquilidade.

Ouvi com atenção. Nada. Somente a agitação do vento, que parecia uma *banshee*, e as batidas e estalos da janela com sua velha e mal-ajustada moldura. Então, mais uma vez, um grito, aquele familiar grito de desespero e angústia, o grito de uma criança pedindo ajuda em algum lugar do brejo.

Não havia criança alguma. Eu sabia disso. Como poderia haver? Ainda assim, como eu conseguiria permanecer deitado e ignorar o grito, mesmo que fosse de um fantasma morto há muito tempo?

"Descanse em paz", pensei, mas esse coitado não o fazia, não conseguia.

Depois de algum tempo, levantei-me. Desceria até a cozinha e prepararia uma bebida, atiçaria um pouco o fogo da lareira e sentaria ao seu lado tentando, me esforçando para calar aquela voz que chamava e pela qual eu não podia fazer nada, e por quem ninguém foi capaz de fazer nada por... quantos anos?

Quando saí em direção às escadas, Aranha imediatamente me seguiu, e duas coisas aconteceram ao mesmo tempo. Tive a impressão de que alguém havia passado por mim naquele mesmo instante vindo do alto das escadas na direção dos outros quartos e, assim que uma tremenda rajada de vento atingiu a casa, de forma que ela pareceu balançar com o impacto, todas as luzes se apagaram. Eu não me preocupara em pegar minha lanterna no criado-mudo e agora estava em total escuridão, desorientado por um momento.

E a pessoa que havia passado e que agora estava na casa comigo? Eu não havia visto ninguém, não sentira nada. Não houve nenhum movimento, nenhuma manga de camisa roçou em mim, nenhuma perturbação no ar, nem mesmo ouvi o som de passos. Apenas soube com absoluta certeza que alguém havia passado perto de mim e seguido pelo corredor. O curto e estreito corredor que levava ao quarto de criança cuja porta estava tão bem trancada e que então, inexplicavelmente, abriu-se.

Por um instante eu de fato comecei a presumir que realmente havia alguém — outro ser humano — vivendo ali naquela casa, uma pessoa que se escondia naquele misterioso quarto de criança e que havia saído naquela noite para buscar comida e bebida e andar um pouco. Talvez fosse a mulher de preto? Teria a Sra. Drablow hospedado alguma velha e reclusa irmã ou empregada, teria deixado uma amiga maluca da qual ninguém sabia? Minha mente imaginou todo o tipo de fantasias loucas e incoerentes enquanto eu tentava desesperadamente arranjar uma explicação racional para a presença de que estava tão consciente. Mas depois elas cessaram. Não havia outro morador vivo na Casa do Brejo da Enguia além de mim e da cadela de Samuel Daily. O que quer que tivesse sido aquilo, quem quer que tenha visto e ouvido, e que passara por mim naquele instante, quem quer que tenha aberto a porta trancada não era "real". Não. Mas o que *era* "real"? Naquele momento passei a duvidar de minha própria realidade.

A primeira coisa de que precisava era de luz, então tateei pelo caminho até minha cama, a alcancei e por fim peguei minha lanterna. Dei um passo para trás, tropecei na cadela que estava em meus calcanhares e derrubei o objeto. Ele saiu rolando pelo chão e caiu em algum lugar próximo à janela fazendo um estalo e um fraco som de vidro quebrando. Praguejei, mas consegui, rastejando apoiado nas mãos e nos joelhos, encontrá-la novamente e acendê-la. Não saiu qualquer luz. A lanterna havia quebrada.

Estava prestes a chorar de desespero, medo, frustração e tensão, como eu não sentia desde criança. Mas em vez de chorar, golpeei o assoalho com os punhos, numa explosão violenta de raiva, até deixá-los latejando.

Foi Aranha que fez com que eu recobrasse o juízo arranhando um pouco meu braço e depois lambendo a mão que estendi para ela. Sentamos juntos no chão e abracei seu corpo quente, agradecido por tê-la, completamente envergonhado de mim mesmo, mais calmo e aliviado, enquanto o vento estrondeava e rugia lá fora, e eu repetidas vezes ouvia aquele terrível grito de criança carregado até mim pelo vento.

Não dormiria novamente, disso estava certo, mas também não ousaria descer as escadas naquela absoluta escuridão, cercado pelo barulho da tempestade, enervado por ter sentido a presença daquela outra pessoa. Minha lanterna estava quebrada. Precisava de uma vela, alguma luz, mesmo que pequena e frágil, para me fazer companhia. Havia uma vela por perto. Eu a havia visto mais cedo, na mesa ao lado da pequena cama no quarto de criança.

Por bastante tempo, não consegui criar coragem suficiente para tatear o caminho por aquela curta passagem até o quarto que notei ser tanto o foco quanto a fonte de todos os acontecimentos estranhos naquela casa. Estava derrotado por meus próprios medos, incapaz de raciocinar com clareza ou tomar decisões, quanto mais me mover. Mas gradualmente descobri por mim mesmo a verdade na máxima que diz que um homem não consegue permanecer indefinidamente em um estado de terror efetivo. Ou a emoção diminui até que, com a sucessão de mais e mais acontecimentos assustadores e temores, ele é dominado de tal forma pelas circunstâncias que foge ou enlouquece; ou então, pouco a pouco, ele começará a ficar menos agitado e recobrará o autocontrole.

O vento continuou a uivar pelos brejos e a golpear a casa, mas isso era, afinal, um som natural que eu podia reconhecer e tolerar, pois não era capaz de ferir-me de forma alguma. A escuridão não diminuiu e não o faria por algumas horas, mas não há nada no simples estado de escuridão que possa amedrontar um homem mais do que há no som de uma tempestade. Nada mais aconteceu. Toda a sensação da presença de outra pessoa diminuiu, os fracos gritos de criança cessaram, por fim, e do quarto no fim do corredor não saiu nenhum barulho sequer de cadeira de balanço ou de qualquer outro tipo de movimento. Eu havia rezado, enquanto estava encolhido no chão e agarrado à cadela, rezado para que o que quer que tivesse me perturbado e que estava dentro da casa fosse afugentado, ou que pelo menos eu pudesse me controlar o bastante para confrontá-lo e sobrepujá-lo.

Então, enquanto ficava de pé com dificuldade, com cada um dos membros rijo e dolorido, dada a absoluta tensão que meu corpo havia sofrido, finalmente senti-me capaz de algum movimento, embora estivesse profundamente aliviado porque, até onde sabia, não havia, pelo menos naquele instante, nada pior para enfrentar do que minha jornada cega pelo corredor até o quarto de criança, em busca de uma vela.

E realizei a jornada, de forma muito vagarosa e com crescente apreensão, mas com êxito, já que cheguei até o lado da cama e peguei a vela com seu castiçal e, agarrando-me a ela com força, comecei a tatear as paredes e os móveis, até chegar de volta à porta.

Eu disse que não houve outros acontecimentos estranhos e assustadores naquela noite, nada mais que tenha me amedrontado além do som do vento e da total escuridão, e de certa forma isso é verdade, já que o quarto de criança estava completamente vazio e a cadeira de balanço, parada e em silêncio. Tudo, até onde sei, do jeito que estava antes. Naquele momento eu não sabia a que poderia atribuir os sentimentos que me dominaram assim que entrei no quarto. Não senti medo, nem horror, apenas um pesar e uma tristeza arrebatadores, uma sensação de perda e luto, uma agonia combinada a um intenso desespero. Meus pais estavam vivos, eu tinha um irmão, um bom número de amigos e minha noiva, Stella. Ainda era um homem jovem. Além da inevitável perda de tias, tios e avós idosos, eu nunca havia sofrido com a morte de nenhuma pessoa próxima, nunca havia chorado a perda de alguém e sentido os extremos do estado de luto. Não até aquele momento. Mas os sentimentos que deveriam acompanhar a morte de alguém tão próximo de meu coração e tão ligado a mim quanto fosse possível, eu os conheci no quarto de criança da Casa do Brejo da Enguia. Fiquei completamente arrasado, e ainda assim confuso e perplexo, sem saber de nenhum motivo pelo qual eu pudesse estar sob o domínio de tamanho desespero, angústia e sofrimento. Foi como se tivesse, pelo tempo em que estive no quarto, tornado-me outra pessoa, ou ao menos vivenciado suas emoções.

Era um acontecimento tão alarmante e estranho quanto qualquer um daqueles mais exteriores, visíveis e audíveis que haviam ocorrido ao longo dos últimos dias.

Quando deixei o quarto, fechei a porta e parei novamente no corredor, os sentimentos me abandonaram, como se fossem uma roupa que vesti apenas por um curto período de tempo. Havia voltado ao meu próprio ser, minhas próprias emoções, era eu mesmo novamente.

Trôpego, retornei ao meu quarto, encontrei os fósforos que mantinha no bolso do casaco junto do cachimbo e do tabaco e por fim acendi a vela. Assim que segurei a alça do castiçal de estanho com meus dedos, minha mão sacudiu de forma que a chama amarela tremeluziu e balançou, refletindo loucamente por todos os lados nas paredes e na porta, no chão e no teto, no espelho e na colcha. Mas foi, todavia, um conforto e um alívio, e no final ela brilhou firme e forte, assim que fiquei menos agitado.

Olhei para o mostrador de meu relógio de pulso. Eram quase 3h e eu esperava que a vela se mantivesse acesa até o amanhecer, que, em um dia chuvoso no finzinho do ano, deveria demorar para chegar.

Sentei-me na cama, enrolado no casaco, e li Walter Scott da melhor maneira que pude com aquela exígua chama. Se ela se extinguiu antes que o primeiro raio de luz cinzenta se esgueirasse pelo quarto não cheguei a saber, pois no fim das contas, e sem intenção, caí no sono. Quando acordei, foi para ver um amanhecer úmido e apagado. Eu estava desconfortável e ensebado, a vela havia derretido até a última gota de cera e escorrido para fora, deixando apenas uma mancha negra em sua base, e meu livro havia caído no chão.

Uma vez mais fui acordado por um ruído. Aranha arranhava a porta e gania e percebi que algumas horas haviam se passado desde que a pobre criatura havia saído pela última vez. Levantei-me e vesti-me apressadamente, desci as escadas e abri a porta da frente. O céu estava fechado e marcado por nuvens de chuva, tudo parecia monótono e sem cor e o estuário estava cheio. Mas o vento havia se acalmado, o ar estava mais leve e muito frio.

Primeiro a cadela correu pelo cascalho em direção ao surrado gramado, ansiosa para se aliviar, enquanto fiquei parado bocejando, tentando trazer um pouco de vida e calor para o meu corpo agitando os braços e batendo os pés. Decidi colocar um casaco e botas e sair para uma rápida volta pelo campo, para clarear a mente, e estava virando para voltar para a casa quando, vindo de longe em algum lugar dos brejos, ouvi, inconfundivelmente claro, o som de alguém assobiando, como se assobia para chamar um cachorro.

Aranha parou onde estava por uma fração de segundo e então, antes que eu pudesse contê-la ou me desse conta, saiu correndo, como se perseguisse uma lebre, se afastando rapidamente da casa, para longe da segurança da grama e na direção dos úmidos brejos. Por alguns instantes fiquei surpreso e desnorteado e não consegui me mover, apenas observar, enquanto a pequena silhueta de Aranha perdia-se naquela imensidão. Não conseguia ver ninguém ali, mas o assobio havia sido real, não uma peça pregada pelo vento. Ainda assim, eu poderia jurar que não veio de lábios humanos. Então, enquanto eu olhava, vi a cadela hesitar, desacelerar e finalmente parar, e percebi horrorizado que ela se debatia na lama, lutando para manter seu equilíbrio enquanto era puxada para baixo. Corri como nunca antes, sem levar em consideração minha própria segurança, desesperado para auxiliar a corajosa e brilhante criaturinha que me dera tanto consolo e alegria naquele lugar desolado.

De início, o caminho sob meus pés era firme, apesar de lamacento, e consegui atingir uma boa velocidade. O vento que atravessava o estuário golpeava meu rosto com um frio cortante e senti meus olhos começarem a arder e lacrimejar, de modo que tive de limpá-los para poder ver por onde andava com clareza. Aranha agora gania mais alto, amedrontada, mas ainda visível, e eu a chamei, tentando acalmá-la. Então eu, também, passei a sentir a viscosidade e instabilidade do chão à medida que ficava mais e mais pantanoso. Em dado momento, minha perna afundou e ficou presa em um buraco cheio de água até que consegui empregar toda minha força para me libertar. À minha volta a água estava pesada e turva, a maré do estuário, alta, transbordava para os brejos, e fui obrigado a arrastar-me em vez de andar. Mas por fim, sem fôlego e esforçando-me para realizar cada movimento, quase consegui alcançar a cadela. Ela mal conseguia manter-se para fora agora, suas pernas e metade do corpo haviam desaparecido sob o turbilhão lamacento que a sugava e sua cabeça pontuda ainda se mantinha na superfície enquanto ela se debatia e gania sem parar. Tentei duas ou três vezes chegar até Aranha, mas em todas elas tive que recuar repentinamente por medo de que eu também afundasse. Lamentei não ter um graveto que pudesse jogar para ela, algum tipo de gancho com que pudesse agarrar sua coleira. Senti um segundo de puro desespero, sozinho no meio do imenso brejo, debaixo do céu de tempestade, com apenas água por todos os lados e onde a única coisa sólida por quilômetros e quilômetros era aquela casa assustadora.

Mas, ciente de que se me entregasse ao pânico certamente estaria perdido, pensei energicamente e depois, com muita cautela, deitei por completo na lama do brejo, mantendo a parte de baixo de meu corpo pressionada com a maior força que podia contra uma pequena ilha de terra sólida. Estiquei o tronco e os braços para a frente, centímetro a centímetro, com a respiração ofegante, até que, assim que a última parte do corpo dela afundou, dei o bote e agarrei-a pelo pescoço, puxei, me estiquei e puxei mais uma vez com todo o vigor que pude, uma força que nunca sonhei ter a capacidade de evocar, fruto do terror e do desespero. Depois de minutos agonizantes, no momento em que ambos lutamos por nossas vidas contra a traiçoeira areia movediça que tentara nos puxar para seu interior e em que senti minha mão agarrada aos pelos e à carne úmida e escorregadia da cadela quase entregue, eu finalmente soube que iria resistir e vencer. Esforcei-me mais do que nunca para arrastar meu corpo de volta para o chão firme. Ao fazê-lo, o corpo da cadela repentinamente cedeu e a batalha acabou no momento em que caí de costas, segurando-a firmemente, nós dois encharcados da água e lama, meu peito ardendo e meus pulmões quase explodindo. Eu sentia como se meus braços tivessem sido arrancados de suas cavidades, como de fato quase foram.

Descansamos, ofegantes e exaustos, e perguntei-me se algum dia seria capaz de me levantar. De repente eu me sentia muito abatido, fraco e perdido no meio do brejo. A pobre cadela agora parecia engasgada e esfregava sua cabeça em mim repetidas vezes, sem dúvida aterrorizada e com muita dor, pois quase a asfixiei por ter apertado tão forte seu pescoço. Mas ela estava viva, assim como eu e, gradualmente, o fraco calor de nossos corpos e a pausa que fizemos nos revigorou. Embalando Aranha como uma criança em meus braços, comecei a cambalear de volta pelo brejo em direção à casa. Conforme eu caminhava, a poucos metros de chegar, levantei os olhos. Em uma das janelas superiores, a única janela com grades, a do quarto de criança, vislumbrei uma pessoa. Uma mulher. Aquela mulher. Ela olhava direto para mim.

Aranha gemia em meus braços e ocasionalmente tossia como se fosse vomitar. Ambos tremíamos violentamente. Como cheguei ao gramado em frente da casa talvez nunca venha a saber, mas, quando o fiz, ouvi um som. Vinha do outro extremo da passagem que voltava a ficar visível naquele momento, assim que a maré começou a baixar. Era o som de uma carroça.

Um maço de cartas

Havia uma luz brilhante e eu olhava para ela... ou, melhor, senti como se ela penetrasse em mim, entrasse por meus olhos e fosse direto a meu cérebro. Lutei para virar a cabeça, tão leve que nem parecia estar sobre meus ombros, e sim girando, flutuando como se fosse um dente-de-leão soprado pelo vento!

Então, repentinamente, a luz desapareceu e quando abri os olhos o mundo normal e as coisas simples que existem nele estavam em foco de novo. Descobri-me deitado, no sofá da sala de estar, com o rosto enorme, vermelho e preocupado do Sr. Samuel Daily pairando acima de mim. Ele segurava uma lanterna de bolso, com a qual, percebi, deve ter iluminado meus olhos, numa rude tentativa de me despertar.

Sentei-me, mas as paredes imediatamente começaram a rodar e a se curvar para a frente e fui obrigado a deitar novamente, enfraquecido. E então, de uma só vez, tudo voltou a minha memória com grande força, a corrida pelos brejos úmidos atrás de Aranha e a luta para libertá-la, a visão da mulher de preto na janela do quarto de criança e aqueles sons que fizeram com que meu medo crescesse de tal maneira que perdi o controle de mim mesmo, meus sentidos falharam e caí inconsciente.

— Mas a carroça... o pônei e a carroça...
— Estão na porta da frente.

Olhei.

— Oh, ainda gosto de usá-la de vez em quando. É uma forma agradável de se viajar quando não há pressa e é um tanto mais seguro que atravessar aquela passagem de automóvel.

— Ah.

Senti uma onda de alívio quando compreendi a verdade pura e simples: que o barulho que havia escutado era de um pônei e uma carroça reais.

— O que pensou? — Ele me lançou um olhar penetrante.

— Um pônei e uma carroça...
— Sim?
— Eu... escutei outros. Outro.
— Keckwick, talvez — disse ele calmamente.
— Não, não. — Sentei-me, com um pouco mais de cautela e o ambiente permaneceu firme.
— Cuide-se, agora.
— Estou melhor... estou bem. Foi... — Sequei minha testa. — Gostaria de beber algo.
— Ao seu lado.

Virei-me, vi um jarro de água e um copo e bebi avidamente, começando a me sentir cada vez mais renovado. Meus nervos estabilizavam-se à mesma medida.

Percebendo isso, o Sr. Daily saiu de meu lado e foi até uma cadeira do lado oposto, onde se sentou.

— Fiquei pensando em você — disse ele, por fim. — Eu não estava feliz. Comecei a me preocupar.

— Já é bem cedo, de manhã, não? Fiquei confuso...

— Cedo o bastante. Acordei algumas vezes. Como disse, fiquei pensando em você.

— Que estranho.

— É? A mim não parece. Nem um pouco estranho.

— Não.

— Ainda bem que cheguei no momento em que cheguei.

— Sim, de fato, fico muito grato. Você deve ter... o quê? Carregado-me para dentro? Não lembro de nada.

— Já arrastei outros mais pesados que você com um braço em volta de meu pescoço... não há muita carne em seus ossos.

— Estou extremamente alegre em vê-lo, Sr. Daily.

— Tem um bom motivo.

— Tenho.

— Outras pessoas já se afogaram naquele brejo antes.

— Sim. Sim, sei disso agora. Senti como se estivesse sendo puxado para baixo, e a cadela comigo. — Levantei-me bruscamente. — Aranha...

— Ela está aqui. Vai se recuperar.

Olhei para a direção que ele indicou com a cabeça, para a cadela deitada no tapete entre nós dois. Ao som de seu nome ela balançava a cauda, mas no restante do tempo permanecia deitada, com a lama secando em seu pelo e formando grumos e manchas, bem como uma camada grossa nas patas — ela parecia estar tão mole e exausta quanto eu.

— Agora, quando tiver se recuperado um pouco, é melhor que pegue tudo de que precisa para irmos embora.

— Embora?

— É. Vim para ver como estava se saindo nesse lugar esquecido por Deus. Já vi. É melhor que volte para casa comigo para se recompor.

Passaram-se alguns segundos sem que eu respondesse, apenas recostei-me e repassei na mente a sequência de eventos ocorridos na noite anterior e naquela manhã — e, na verdade, do que se passou muito antes disso, desde minha primeira visita à casa. Eu sabia que havia aparições da mulher de preto e talvez de algum outro morador da casa. Sabia que os sons que havia escutado no brejo eram fantasmagóricos. Mas, apesar de terem sido acontecimentos aterrorizantes e inexplicáveis, pensei que se fosse necessário vivenciá-los novamente, mesmo que fosse apenas por estar cada vez mais determinado a descobrir quem era essa alma incansável que queria causar tais perturbações e por quê. Se pudesse desvendar a verdade, talvez pudesse, de alguma forma, pôr um fim naquilo tudo para sempre.

Mas o que eu não conseguia mais suportar era a atmosfera que cercava os acontecimentos: a sensação de um ódio e maldade opressivos, do mal causado por alguém e também de terrível pesar e agonia. Esses últimos, sentimentos que pareciam invadir minha própria alma e tomar o controle de mim, era isso que eu não conseguia mais suportar. Disse ao Sr. Daily que ficaria contente e grato em voltar com ele e descansar em sua casa, mesmo que apenas por pouco tempo. Mas eu estava preocupado, pois não queria deixar o mistério sem explicação e sabia, também, que alguém teria que terminar, em algum momento, o necessário trabalho de ordenar e embalar os documentos da Sra. Drablow, e mencionei isso.

— E o que encontrou aqui, Sr. Kipps? Um mapa que leva a um tesouro enterrado?

— Não. Uma grande quantidade de lixo, uns papéis velhos e inúteis, pouquíssimos que possam ser de algum interesse e menos ainda que tenham valor. Francamente, tenho minhas dúvidas quanto a haver qualquer coisa importante. Mas o serviço precisará ser feito uma hora ou outra. Somos obrigados a fazê-lo.

Levantei-me e comecei a andar pelo cômodo, testando meus membros, e constatei que estavam mais ou menos estáveis.

— Por ora, não me importo em confessar que ficaria extremamente feliz em desistir e deixar tudo isso para trás. Há apenas um ou dois documentos que gostaria de examinar novamente para satisfazer minha própria curiosidade. Há um maço de cartas antigas junto a uns poucos documentos Eu as estava lendo ontem, tarde da noite. Devo levá los comigo.

Então, enquanto o Sr. Daily começou a circular pelas salas do andar de baixo, fechando as cortinas, checando se todas as lareiras estavam apagadas, fui primeiro à sala na qual estivera trabalhando para juntar o maço de cartas e então subi as escadas para buscar meus poucos pertences. Não tinha mais medo, porque estava deixando a Casa do Brejo da Enguia pelo menos por enquanto, e por causa da presença volumosa e reconfortante do Sr. Samuel Daily. Se algum dia voltaria à Casa, eu não sabia, mas certamente, se o fizesse, não seria sozinho. Senti-me totalmente calmo, portanto, quando cheguei ao topo das escadas e fui em direção do quarto que vinha usando, os eventos da noite anterior pareciam estar em um passado distante e incapazes de me causar dano maior do que um pesadelo particularmente ruim.

Fiz minha mala rapidamente, fechei a janela e desci a persiana. No chão jaziam os restos da lanterna quebrada, eu os varri para um canto com a lateral do pé. Tudo estava quieto agora, o vento vinha diminuindo desde o amanhecer, mas apesar disso, se fechasse os olhos, podia ouvir novamente seus lamentos e uivos e todas as pancadas e ruídos que havia criado na velha casa. Mas, embora isso tenha contribuído para meu nervosismo, eu podia separar perfeitamente bem esses eventos incidentais — a tempestade, as batidas e rangidos, a escuridão — dos acontecimentos fantasmagóricos e da atmosfera que os cercava. O tempo podia mudar, o vento diminuir, o sol brilhar, a Casa do Brejo da

Enguia podia ficar silenciosa e tranquila. Ela não seria nem um pouco menos aterrorizante. Quem quer que a assombrasse, e quaisquer que fossem as terríveis emoções que ainda os dominava, continuaria a perturbar e afligir qualquer um que se aproximasse daqui, disso eu sabia.

Terminei de recolher meus pertences e deixei o quarto. Ao chegar perto das escadas não pude resistir a dar uma rápida e meio assustada espiada no corredor que levava ao quarto de criança.

A porta estava entreaberta. Fiquei parado, sentindo a ansiedade que se escondia pouco abaixo da superfície começando a crescer dentro de mim, fazendo meu coração acelerar. Lá embaixo, ouvi os passos do Sr. Daily e as patinhas da cadela que o seguia. Então, tranquilizado pela presença deles, criei coragem e andei com cuidado em direção àquela porta semiaberta. Quando cheguei, hesitei. Ela havia estado lá. Eu a vira. Quem quer que ela fosse, esse era o foco de sua busca ou de sua atenção ou de seu luto — eu não sabia definir qual. Esse era o próprio coração da assombração.

Não havia som algum naquele momento. A cadeira de balanço estava parada. Bem devagar, fui abrindo a porta pouco a pouco, centímetro a centímetro, e dei alguns passos para a frente até conseguir enxergar o quarto inteiro.

Ele estava em estado de desordem como o que poderia ser criado por um bando de ladrões, empenhados em causar uma destruição insana e sem sentido.

Embora a cama estivesse impecavelmente arrumada, agora as roupas pareciam ter sido retiradas de qualquer maneira e amontoadas ou largadas pelo chão. A porta do armário e as gavetas da pequena cômoda haviam sido abertas e as roupas que estavam dentro, puxadas para fora pela metade e dependuradas, parecendo as entranhas de uma pessoa ferida. Os soldados de chumbo haviam sido derrubados como pinos de boliche e os animais de madeira da arca estavam espalhados pela prateleiras. Os livros foram deixados abertos com as sobrecapas rasgadas, quebra-cabeças e jogos estavam amontoados no centro do quarto. Os bichos de pelúcia haviam sido rasgados e despidos, um revólver de brinquedo parecia ter sido esmagado com uma martelada. O criado-mudo e um pequeno armário estavam de cabeça para baixo. E a cadeira de balanço, com seu encosto alto e ereto, havia sido puxada para o centro, para governar, como um grande e sinistro pássaro, todos os escombros.

Cruzei o quarto em direção à janela, pois talvez os vândalos tivessem entrado por ali. Ela estava bem parafusada e coberta de ferrugem, e as barras de madeira permaneciam fixas e firmes. Ninguém havia entrado no quarto.

Ao subir meio sem equilíbrio na carroça do Sr. Daily, que esperava na entrada, tropecei e ele foi obrigado a agarrar meu braço e me segurar até que eu recobrasse a força. Vi que ele olhava intensamente para o meu rosto e percebia, por minha palidez, que eu havia sofrido um novo choque. Mas ele não disse nada a respeito, apenas cobriu minhas pernas com um pesado cobertor, colocou Aranha sobre meus joelhos para nos aquecer melhor e deixar-nos mais confortáveis e então ordenou ao pônei que desse meia-volta.

Deixamos o cascalho e atravessamos a grama alta, chegamos à Passagem das Nove Vidas e começamos a cruzá-la. A maré recuava gradualmente, o céu era de um cinza brilhante e uniforme, o ar estava úmido e frio, mas calmo, depois da tempestade. Os brejos estavam parados, enevoados e melancólicos por toda a parte ao nosso redor e, à frente, as planícies estavam encharcadas e lúgubres, sem cor, sem folhas, sem ondulações. O pônei seguia de forma tranquila e silenciosa e o Sr. Daily cantarolava baixinho e de um jeito meio desafinado. Sentei-me como se estivesse em transe, dormente, alheio a quase tudo, exceto ao movimento da carroça e à umidade do ar.

Mas, assim que chegamos à estrada e deixamos o brejo e o estuário para trás, olhei mais uma vez por sobre meus ombros. A Casa do Brejo da Enguia permanecia cinzenta e macabra, de proporções enormes como as de um penhasco, com as janelas vazias e tapadas. Não havia nenhum sinal de qualquer vulto ou sombra, nenhuma alma viva ou morta. Acreditei que ninguém havia nos visto partir. Então, os cascos do pônei começaram a bater bem rápido no asfalto da estreita via que ficava entre os fossos e longas e irregulares filas de abrunheiros, formando cercas vivas. Desviei os olhos daquele lugar sinistro, rezando com fervor para que fosse pela última vez.

Desde o instante em que subi na carroça, o Sr. Samuel Daily tratou-me com gentileza, cuidado e preocupação, como se trata um inválido, e seus esforços em fazer com que me sentisse descansado e à vontade foram redobrados assim que chegamos a sua casa. Um quarto havia sido preparado, um grande e silencioso quarto com uma pequena sacada com vista para o jardim e para os campos abertos adiante. Um criado foi na mesma hora enviado a Gifford Arms para buscar o restante de meus pertences e, depois que me foi servido um leve desjejum, fui deixado sozinho para dormir durante a manhã. Aranha foi banhada e tratada e depois levada até mim, "já que acostumou-se com ela". E ela deitou contente ao lado de minha cadeira, aparentemente bem, mesmo depois da desagradável experiência que teve mais cedo naquela manhã.

Descansei mas não consegui dormir, minha cabeça ainda confusa e febril, meus nervos exaltados. Sentia-me profundamente grato pela paz e tranquilidade, mas acima de tudo por saber que, embora estivesse um tanto sozinho e sem nada que me importunasse aqui, na casa abaixo e nos demais edifícios anexos havia pessoas, montes de pessoas, realizando suas tarefas cotidianas, a garantia de que eu tanto precisava de que o mundo normal ainda seguia seu curso.

Tentei com bastante afinco não deixar que minha mente remoesse o que havia acontecido comigo. Mas escrevi uma carta bastante comedida para o Sr. Bentley e outra mais completa para Stella — embora não tenha contado nada a nenhum dos dois, nem revelado o grau de minha aflição.

Depois disso, saí e dei algumas voltas pelo enorme gramado, mas o ar estava frio e úmido e logo retornei para o meu quarto. Não havia sinal de Samuel Daily. Por volta das 11h, cochilei na cadeira, acordando várias vezes e, por incrível que pareça, embora tenha despertado aos solavancos e assustado uma ou duas vezes, depois de pouco tempo fui capaz de relaxar e me recompus mais do que poderia ter esperado.

Às 13h alguém bateu à porta e uma criada indagou-me se queria que meu almoço fosse servido ali ou se estava disposto para descer até a sala de jantar.

Diga à Sra. Daily que logo me juntarei a eles, obrigado.

Lavei-me e arrumei-me, chamei o cão e desci as escadas.

Os Daily eram o próprio retrato da atenção e gentileza, e insistiram para que eu ficasse com eles por mais um ou dois dias, antes de voltar para Londres. Eu estava completamente decidido a retornar: nada no mundo poderia me convencer a passar mais uma hora na Casa do Brejo da Enguia. Havia sido tão destemido e determinado quanto um homem poderia ser, mas fora derrotado e não tinha medo de admitir, nem sentia qualquer tipo de vergonha. Um homem pode ser acusado de covardia por fugir de todos os gêneros de ameaças físicas, mas quando coisas sobrenaturais, imateriais e inexplicáveis põem em risco não apenas sua segurança e seu bem-estar, mas também sua sanidade, sua própria alma, recuar não é um sinal de fraqueza, mas o curso mais prudente a seguir.

Mas apesar disso estava irritado, não comigo mesmo, mas com o que quer que estivesse assombrando a Casa do Brejo da Enguia, irritado com o comportamento selvagem e sem propósito daquela criatura perturbada e irritado por ela ter me impedido, como sem dúvidas faria com qualquer outro ser humano, de fazer meu trabalho. Talvez também estivesse irritado com aquelas pessoas — o Sr. Jerome, Keckwick, o dono do hotel, Samuel Daily — que se provaram certas a respeito do lugar. Eu era jovem e arrogante o bastante para sentir-me frustrado. Havia aprendido uma difícil lição.

Naquela tarde, deixado novamente à minha própria sorte depois de um excelente almoço — o Sr. Daily logo partiu para visitar uma de suas remotas fazendas —, peguei o pacote de papéis da Sra. Drablow que havia trazido comigo, pois ainda estava curioso sobre a história cujas peças começara a juntar a partir de minhas leituras iniciais das cartas e pensei que me distrairia mais um pouco tentando completá-la. A dificuldade era, obviamente, que não sabia quem a jovem mulher

— J de Jennet, que havia escrito as cartas — era, se uma parente da Sra. Drablow ou de seu marido, ou apenas uma amiga. Mas pareceu-me mais provável que só uma relação sanguínea poderia tê-la levado ou, melhor, tê-la forçado a ceder seu filho ilegítimo para ser adotado por outra mulher, da forma que as cartas e os documentos legais revelaram.

Senti pesar por J à medida que li suas cartas curtas e emotivas diversas vezes. Seu amor arrebatador pelo filho e seu isolamento, sua raiva e a forma como primeiro lutou amargamente contra e finalmente cedeu desesperadamente ao destino proposto a ela encheu-me de tristeza e compaixão. Uma garota de classe mais baixa, vivendo em uma comunidade fechada, talvez tivesse se saído melhor há sessenta anos do que essa filha de pais refinados que fora tão friamente rejeitada e cujos sentimentos haviam sido tão completamente desconsiderados. Apesar disso, eu sabia que garotas pobres na Inglaterra vitoriana frequentemente eram levadas a assassinar ou abandonar filhos gerados fora de um casamento. Pelo menos Jennet soubera que seu filho estava vivo e que lhe haviam dado um bom lar.

Então abri os outros documentos amarrados juntamente com as cartas. Eram três atestados de óbito. O primeiro era o do garoto, Nathaniel Drablow, com 6 anos de idade. A causa da morte foi identificada como afogamento. Depois disso, e com exatamente a mesma data, havia um atestado similar declarando que Rose Judd também havia morrido por afogamento.

Senti uma coisa terrível, fria, nauseante que começou no estômago e pareceu subir por meu peito até a garganta, de modo que tive certeza que vomitaria ou engasgaria. Mas não aconteceu, apenas me levantei e andei agitado e aflito pelo quarto, segurando com força as duas folhas de papel amassado nas mãos.

Depois de um tempo, forcei-me a olhar para o último documento. Também era um atestado de óbito, mas datado de doze anos depois dos outros dois.

Era de Jennet Eliza Humfrye, solteira, 36 anos. A causa da morte estava identificada simplesmente como "parada cardíaca".

Sentei-me na cadeira. Mas estava agitado demais para permanecer ali por muito tempo, então chamei Aranha e saí novamente pela tarde de novembro, que já se transformava em um crepúsculo prematuro, e comecei a me afastar da casa do Sr. Daily e do jardim, passando pelos celeiros, estábulos e galpões e atravessando o restolho. Senti-me melhor com o exercício. Ao meu redor havia apenas o campo, arado em fileiras, com cercas vivas baixas e, aqui e ali, dois ou três olmos, com os galhos desfolhados cheios de ninhos de gralha, de onde esses feios pássaros pretos voavam de vez em quando, fazendo muito barulho com as asas, dando voltas e grasnando, no céu cor de chumbo. Havia um vento frio soprando pelos campos, que carregava gotas de chuva grossa. Aranha parecia satisfeita por sair.

Enquanto caminhava, meus pensamentos estavam todos concentrados nos papéis que havia acabado de ler e na história que contavam e que agora se tornava clara e completa. Havia descoberto mais ou menos por acaso como solucionar — ou grande parte dela — a identidade a mulher de preto, assim com a resposta para muitas outras perguntas. Mas embora eu agora soubesse mais, não estava satisfeito com a descoberta, apenas chateado e alarmado — e triste também. Eu sabia, e ainda assim não sabia. Estava perplexo e nada havia sido realmente explicado. Como podem acontecer coisas assim? Já havia declarado que não acreditava mais em fantasmas do que qualquer jovem saudável de educação sólida, inteligência razoável e inclinações prosaicas. Mas eu os vira. Um fato, terrível e trágico, de muitos anos atrás, que havia acontecido e terminado, de algum modo estava acontecendo várias vezes, repetindo-se em alguma dimensão diferente da normal, atual. Uma carroça, carregando um menino de 6 anos chamado Nathaniel, filho adotivo do Sr. e da Sra. Drablow, e também sua babá, havia tomado o caminho errado no meio da névoa e desviado da segurança da passagem, seguindo para os brejos, onde haviam sido sugados pela areia movediça e engolidos pela lama e pela maré ascendente do estuário. A criança e a babá haviam se afogado e o mesmo supostamente havia acontecido com o pônei e a pessoa que conduzia a carroça. E agora, nos mesmos brejos, todo o episódio, ou um fantasma, uma sombra, uma lembrança dele, de algum modo se repetia incessantemente — eu não sabia quantas vezes. Mas nada podia ser visto, apenas ouvido.

As únicas outras coisas que eu sabia era que a mãe do garoto, Jennet Humfrye, havia morrido de uma doença debilitante doze anos depois do filho, que ambos foram enterrados no atualmente desativado e dilapidado cemitério próximo à Casa do Brejo da Enguia; que o quarto do menino havia sido preservado na casa do modo como ele o havia deixado, com a cama, as roupas, os brinquedos, tudo intacto; e que sua mãe assombrava o lugar. Além disso, que a intensidade de seu sofrimento e aflição aliada a seu ódio reprimido e desejo de vingança permeavam o ar de todo o lugar.

E foi isso que me perturbou tanto, a força daquelas emoções, pois era aquilo que eu achava que tinha poder de machucar. Mas machucar quem? Todos os que tinham ligação com aquela triste história não já estavam mortos? Supostamente a Sra. Drablow teria sido a última.

Em algum momento comecei a me cansar e voltei, mas, embora não conseguisse encontrar solução para a questão — ou talvez justamente por ser tão inexplicável —, não conseguia tirá-la da cabeça. Fiquei pensando naquilo em todo o caminho para casa e a remoí no meu quarto silencioso, olhando para a escuridão da noite.

Quando soou a campainha para o jantar, eu estava em um estado tão grande de agitação que decidi contar toda a história ao Sr. Samuel Daily e exigir saber tudo o que ele soubesse ou tivesse ouvido falar a respeito.

* * *

O cenário foi, como antes, o escritório da casa do Sr. Daily após o jantar. Nós dois sentados em cadeiras confortáveis, com o decanter e os copos entre nós, na pequena mesa. Sentia-me consideravelmente melhor após outro bom jantar.

Eu chegara ao fim de minha história. O Sr. Daily permanecera sentado, ouvindo sem interrupção, sem olhar para mim enquanto eu revivia, com calma surpreendente, todos os acontecimentos de minha curta estadia na Casa do Brejo da Enguia, chegando até a parte em que ele me encontrou desmaiado do lado de fora naquela mesma manhã. E também havia lhe contado sobre minhas conclusões, tiradas da leitura cuidadosa do maço de cartas e dos atestados de óbito.

Ele não disse nada por alguns minutos. O relógio tiquetaqueava. O fogo queimava uniforme e suavemente na lareira. Aranha estava deitada no tapete diante da lareira. Contar a história havia sido como uma purgação e agora minha cabeça parecia curiosamente leve e meu corpo naquele estado débil como o que sucede uma febre ou um susto. Mas pensei que só poderia, daquele momento em diante, melhorar, porque podia caminhar passo a passo para longe daqueles terríveis acontecimentos, com o passar do tempo.

— Bem — disse ele, finalmente —, você percorreu um longo caminho desde a noite em que o conheci no trem.

— Parece que foi há cem anos. Sinto-me como um outro homem.

— Você passou por poucas e boas.

— Bem, depois da tempestade vem a calmaria, e agora tudo já acabou.

Notei em seu rosto uma expressão perturbada.

— Vamos — eu disse corajosamente —, você não acha que algum outro mal possa vir disso, acha? Não pretendo voltar lá nunca mais. Nada me convencerá.

— Não.

— Então está tudo bem.

Ele não respondeu, mas inclinou-se para a frente e serviu-se de mais um dedo de uísque.

— Mas me preocupo com o que vai acontecer com a casa — eu disse. — Certamente nenhum morador local desejaria viver lá, e não imagino que alguém venha de fora para ficar muito tempo assim que descobrir como o lugar realmente é — mesmo que não chegue a ouvir as histórias antes. Além disso, é um local afastado e inconveniente. Quem iria querer?

Samuel Daily balançou a cabeça.

— Acha — perguntei depois de ficarmos alguns instantes em silêncio com nossos próprios pensamentos — que aquela pobre senhora era assombrada dia e noite pelo fantasma de sua irmã e que tinha de suportar aqueles terríveis barulhos do lado de fora? — Pois o Sr. Daily me havia dito que as duas eram irmãs. — Se esse era o caso, pergunto-me como ela aguentou sem enlouquecer.

— Talvez não tenha aguentado.

— Talvez.

Eu estava ficando cada vez mais sensível ao fato de que ele estava me escondendo algo, alguma explicação ou informação a respeito da Casa do Brejo da Enguia e a família Drablow e, por saber aquilo, não descansaria ou esqueceria até ter descoberto tudo o que havia para saber. Decidi pressioná-lo até que me revelasse.

— Havia algo lá que não cheguei a ver? Se tivesse ficado mais tempo, encontraria mais abominações?

— Isso eu não posso dizer.

— Mas tem algo que pode me dizer.

Ele suspirou e se movimentou com desconforto na cadeira, evitando o meu olhar e encarando a lareira, depois esticando a perna para acariciar a barriga da cadela com a ponta da bota.

— Vamos, estamos bem longe do lugar e meus nervos estão equilibrados novamente. Preciso saber. Não pode mais me machucar.

— Não a você — disse ele. — Não, talvez não a você.

— Pelo amor de Deus, o que está escondendo, homem? O que tem tanto medo de me contar?

— Você, Arthur — disse ele —, estará longe daqui amanhã ou depois de amanhã. Você, se tiver sorte, não escutará nem verá nada que tenha relação com aquele lugar maldito novamente. O restante de nós precisa ficar. Temos que viver com isso.

— Viver com *quê*? Histórias, rumores? Com a visão da mulher de preto de tempos em tempos? Com *quê*?

— Com o que quer que venha a seguir. Uma hora ou outra. Crythin Gifford tem convivido com isso há cinquenta anos. Mudou as pessoas. Elas não falam disso, você já percebeu. Os que sofreram mais falam ainda menos: Jerome, Keckwick.

Senti meus batimentos cardíacos acelerarem, levei a mão ao colarinho para afrouxá-lo um pouco, afastei a cadeira da lareira. Agora que a hora havia chegado, não sabia mais se queria ouvir o que o Sr. Daily tinha a dizer.

— Jennet Humfrye abriu mão de seu filho, o garoto, e entregou-o a sua irmã, Alice Drablow, e ao marido dela, porque não tinha escolha. No início, permaneceu afastada, a centenas de quilômetros de distância, e o garoto foi criado como um Drablow e nunca se pretendeu que conhecesse sua mãe. Mas no final, a dor de estar separada dele, em vez de diminuir, piorou e ela voltou a Crythin. Não era bem vinda na casa dos pais e o homem — o pai da criança — havia deixado o país para sempre. Ela alugou quartos na cidade. Não tinha dinheiro. Fazia costuras, foi dama de companhia de uma senhora. A princípio, aparentemente, Alice Drablow não queria deixá-la ver o garoto de modo algum. Mas Jennet estava tão aflita que fez ameaças de violência, e a irmã cedeu — mas só até certo ponto. Jennet poderia visitá-lo de vez em quando, mas nunca vê-lo sozinha nem revelar quem ela era, ou que tinha qualquer parentesco com ele. Ninguém previu que ele ficaria tão parecido com ela, nem que a afinidade natural entre os dois cresceria tanto. Ele ficou cada vez mais apegado à mulher que era, no fim das contas, sua própria mãe, mais e mais afetuoso, e ao fazê-lo começou a se tornar frio com Alice Drablow. Jennet planejava levá-lo embora, disso eu sei. Antes que conseguisse, aconteceu o acidente, do modo como ouviu. O garoto... a babá, a carroça e seu motorista, Keckwick.

— *Keckwick?*

— Sim. Keckwick pai. E também o cachorrinho do menino. Aquele lugar é traiçoeiro, como descobriu às próprias custas. A bruma do mar envolve os brejos de repente, a areia movediça fica escondida.

— Então todos se afogaram.

— E Jennet assistiu. Ela estava na casa, observando de uma janela no andar de cima, esperando que voltassem.

Prendi o fôlego, horrorizado.

— Os corpos foram recuperados, mas deixaram a carroça, que foi engolida muito rápido pela lama. Naquele dia, Jennet Humfrye começou a enlouquecer.

— Houve alguma explicação?

— Não. Ficou louca de tristeza e de raiva, e com desejo de vingança. Culpava a irmã que os havia deixado sair aquele dia, embora não fosse culpa dela a neblina aparecer sem aviso.

— Em um dia de céu limpo.

— Talvez devido a sua perda e à loucura, ou o que quer que seja, ela também contraiu uma doença que fez com que começasse a definhar. A pele colou-se nos ossos, a cor se esvaiu dela... parecia um esqueleto ambulante, um fantasma vivo. Quando andava pelas ruas, as pessoas se afastavam. As crianças morriam de medo dela. Acabou morrendo de ódio e angústia. Assim que morreu, começaram as assombrações. E então continuaram.

— O quê? O tempo todo? Desde então?

— Não. De vez em quando. Menos nos últimos anos. Mas ela ainda é vista e os sons são ouvidos por pessoas que se arriscam pelo brejo.

— E supostamente pela velha Sra. Drablow?

— Quem sabe?

— Bem, a Sra. Drablow está morta. Aí deve ter um fim a questão.

Mas o Sr. Daily não havia terminado. Estava apenas chegando ao clímax da história.

— E sempre que ela foi vista — disse ele baixinho —, no cemitério, no brejo, nas ruas da cidade, mesmo que rapidamente, e por quem quer que fosse, houve um resultado certo.

— Sim? — sussurrei.

— Em circunstâncias violentas ou terríveis, morreu uma criança.

— O quê? Quer dizer que acontecem acidentes?

— Geralmente são acidentes. Mas uma ou duas vezes foi depois de alguma doença, em um dia, uma noite, ou menos.

— Qualquer criança? Uma criança da cidade?

— Qualquer criança. O filho de Jerome.

Tive uma visão repentina daquela fileira de rostos pequenos e solenes, com as mãos segurando nas grades que cercavam o pátio da escola no dia do funeral da Sra. Drablow.

— Mas é claro que... bem... crianças às vezes morrem.

— Sim, morrem.

— E há algo além do acaso que relacione essas mortes com a aparição daquela mulher?

— Você pode achar difícil de acreditar. Pode duvidar.

— Bem, eu...

— Nós sabemos.

Após alguns instantes olhando para o seu rosto determinado e resoluto, eu disse baixinho:

— Eu não duvido, Sr. Daily.

Então, por um bom tempo, nenhum dos dois disse nada.

Eu sabia que havia sofrido um choque considerável naquela manhã, após vários dias e noites de agitação e tensão nervosa resultante das assombrações da Casa do Brejo da Enguia. Mas não percebi a profundidade e a intensidade com que fora afetado por toda a experiência, tanto na cabeça quanto no corpo.

Fui para a cama naquela noite, no que eu supunha ser a última vez sob o teto dos Daily. Na manhã seguinte, planejava pegar o primeiro trem disponível para Londres. Quando contei minha decisão ao Sr. Daily, ele não discutiu comigo.

Naquela noite, dormi muito mal, acordando de hora em hora com pesadelos turbulentos, o corpo todo suando de ansiedade, e quando não conseguia voltar a dormir, ficava deitado com todos os membros tensos, ouvindo, lembrando e repassando tudo aquilo na mente. Fazia-me perguntas impossíveis de serem respondidas sobre vida e morte e as fronteiras entre elas, e rezava preces simples, diretas e apaixonadas.

Eu havia sido criado, como a maioria das crianças, para acreditar na Divindade, criado dentro da igreja cristã, mas embora ainda acreditasse que seus ensinamentos provavelmente eram a melhor forma de orientação para viver uma boa vida, havia achado a Divindade um tanto quanto remota, e minhas preces não passavam de algo formal e devoto. Mas não agora. Agora eu rezava calorosamente e com um zelo recém-despertado. Agora, percebia que havia forças do bem e do mal em combate, e que um homem poderia se colocar de um lado ou de outro.

A manhã demorou para chegar e, quando chegou, estava novamente nublada e chuvosa — um novembro úmido e sombrio. Acordei com a cabeça doendo e os olhos queimando, as pernas pesadas. De algum modo, consegui me vestir e me arrastar para o andar de baixo, para a mesa de café da manhã. Mas não conseguia nem olhar para a comida, embora estivesse com muita sede e tenha tomado uma xícara de chá atrás da outra. O Sr. e a Sra. Daily olhavam ansiosamente para mim de vez em quando, enquanto eu falava de meus planos. Achei que não voltaria a me sentir bem até estar sentado no trem, deixando aqueles campos para trás, e disse isso a eles, esforçando-me ao mesmo tempo para expressar minha grande gratidão a ambos, porque haviam de fato salvado minha vida e minha sanidade.

Então levantei-me da mesa e comecei a me dirigir para a sala de jantar, mas a porta desapareceu enquanto eu andava. Eu parecia estar lutando no meio de uma neblina que se fechava sobre mim, de modo que não consegui respirar e senti como se estivesse empurrando um peso intenso que deveria remover antes de seguir adiante.

Samuel Daily me pegou quando caí e eu estava levemente ciente de que, pela segunda vez, embora em circunstâncias muito diferentes, ele estava me carregando e me arrastando, dessa vez escadaria acima, para o meu quarto. Ali, ajudou-me a me despir e me deixou, com a cabeça palpitando e a mente confusa, e ali eu fiquei, sendo visitado frequentemente por um médico de expressão ansiosa durante cinco dias. Depois disso, passou o pior da febre e do delírio, deixando-me inacreditavelmente exausto e fraco, e fui capaz de me sentar em uma poltrona, primeiro no quarto, e depois no andar de baixo. Os Daily eram a gentileza e solicitude em pessoa. O pior de tudo não era a doença física, a dor, o cansaço, a febre, mas o turbilhão mental pelo qual passei.

A mulher de preto parecia me assombrar ali, sentar-se ao pé de minha cama, colocar o rosto repentinamente perto do meu enquanto eu dormia, de modo que eu acordava gritando de pavor. E minha cabeça retinia com o som da criança gritando no brejo, da cadeira de balanço e do relincho derradeiro do pônei. Eu não podia me livrar deles e, quando não estava tendo ilusões febris e pesadelos, estava me lembrando de cada palavra das cartas e dos certificados de óbito, como se pudesse ver a página diante dos olhos de minha mente.

Mas por fim comecei a melhorar, os medos desapareceram, as visões sumiram e voltei a ser eu mesmo. Estava exausto, esgotado, mas bem. Não havia mais nada que a mulher pudesse fazer comigo, certamente. Eu havia suportado e sobrevivido.

Depois de doze dias eu estava me sentindo quase completamente recuperado. Era um dia de sol de inverno, mas havia caído a primeira geada do ano. Estava sentado diante da janela da sala de estar com uma manta sobre os joelhos, olhando para os arbustos e árvores desfolhados, quase brancos e duros devido à geada, em contraste com o céu. Era depois do almoço. Eu poderia dormir um pouco, ou não, mas de qualquer forma ninguém me perturbaria. Aranha estava satisfeita aos meus pés, como havia feito durante os dias e noites de minha doença. Havia me apegado mais à cadelinha do que jamais poderia imaginar, sentindo que tínhamos um laço, porque havíamos passado nosso tempo de provação juntos.

Um tordo estava empoleirado em uma das urnas de pedra no alto da balaustrada com a cabeça para cima, olhos brilhantes como contas, e eu o observava alegremente enquanto ele saltitava 30 ou 60 centímetros e depois parava de novo, para ouvir e cantar. Pensei que, antes de vir para ca, nunca teria sido capaz de me concentrar tão completamente em uma coisa tão comum, mas estaria agitado para me levantar e sair, fazendo várias coisas às pressas. Agora, apreciava a presença do pássaro, gostava de simplesmente olhar seus movimentos pelo tempo que ele escolhesse ficar em minha janela, com uma intensidade que nunca havia experimentado antes.

Ouvi sons do lado de fora, o motor de um carro, vozes na frente da casa, mas prestei pouca atenção, de tão envolvido que estava em observar o pássaro. Além disso, aquelas pessoas não teriam nada a ver comigo.

Houve passos no corredor, e pararam diante da porta da sala de estar. Depois de um instante de hesitação, ela se abriu. Talvez fosse mais tarde do que eu pensava e alguém tivesse entrado para ver como eu estava, e se queria uma xícara de chá.

— Arthur?

Virei-me surpreso, depois pulei da cadeira de admiração, espanto e alegria. Stella, minha querida Stella, andava pela sala em minha direção.

A mulher de preto

Na manhã seguinte, deixei a casa. Fomos levados, no automóvel do Sr. Samuel Daily, diretamente à estação de trem. Saldei minha conta em Gifford Arms por meio de um mensageiro, e não voltei mais à cidade de Crythin Gifford; pareceu-me perfeitamente prudente aceitar o conselho médico, já que o doutor havia se preocupado especialmente com que eu não fizesse nada, ou fosse a qualquer lugar, que perturbasse meu ainda delicado equilíbrio. E, na verdade, eu não *queria* ver a cidade, ou arriscar um encontro com o Sr. Jerome ou com Keckwick, ou, acima de tudo, ter um vislumbre que fosse do longínquo brejo. Tudo aquilo havia ficado para trás e poderia ter acontecido, pensei, com outra pessoa. O doutor me disse para apagar tudo aquilo da minha mente, e decidi tentar fazê-lo. Com Stella ao meu lado, não via como poderia falhar.

O único arrependimento que carregava ao deixar o lugar era uma genuína tristeza por me afastar do Sr. e da Sra. Samuel Daily e, quando nos cumprimentamos, fiz com que ele prometesse que nos visitaria da próxima vez que fosse a Londres — o que fazia, disse ele, uma ou no máximo duas vezes por ano. Além do mais, um filhote nos seria reservado, assim que Aranha desse à luz algum. Eu ia sentir muita falta daquela cadelinha.

Mas havia uma última pergunta que tinha que fazer, apesar de achar difícil trazer o assunto à tona.

— Eu preciso saber — precipitei-me, por fim, quando Stella estava a uma distância segura, fora do alcance de minha voz, e entretida em uma conversa com a Sra. Daily, a quem conseguiu convencer a falar, com sua cordialidade e ternura naturais.

Samuel Daily olhou para mim de forma penetrante.

— Você me disse naquela noite... — Respirei fundo para tentar me acalmar. — Uma criança... uma criança sempre acabava morta em Crythin Gifford.

— Sim.

Não consegui continuar, mas minha expressão bastava, eu sabia, minha ansiedade desesperada em saber a verdade era evidente.

— Nada — Daily disse rapidamente. — Nada aconteceu...

Estava certo de que ele iria acrescentar "Ainda", mas parou e então acrescentei em seu lugar. Ele, porém, apenas balançou a cabeça em silêncio.

— Oh, Deus queira que não... que a corrente tenha se quebrado... que seu poder tenha acabado... que ela tenha partido... e que eu tenha sido o último a vê-la, para sempre.

Ele colocou uma mão em meu braço, de maneira tranquilizadora.

— Sim, sim.

Queria acima de tudo que fosse assim, que já houvesse passado tempo suficiente desde a última vez em que eu vira a mulher de preto — o fantasma de Jennet Humfrye —, para que isso fosse uma prova positiva de que a maldição havia acabado. Ela havia sido uma mulher pobre, enlouquecida e perturbada, morta em razão do luto e do sofrimento, cheia de ódio e desejo de vingança. Sua amargura era compreensível, a perversidade que a levou a tomar os filhos de outras mulheres por ter perdido o seu próprio também compreensível, mas não perdoável.

Ninguém poderia fazer nada para ajudá-la, além de, talvez, rezar por sua alma, pensei. Mesmo a Sra. Drablow, a irmã a quem culpava pela morte de seu filho, estava morta e enterrada, e agora que a casa finalmente estava vazia, talvez a assombração e suas terríveis consequências para os inocentes cessassem para sempre.

O carro esperava na rua. Cumprimentei os Daily e, segurando o braço de Stella com firmeza, subi e recostei-me no assento. Com um suspiro — na verdade quase um gemido — de alívio, fui levado para longe de Crythin Gifford.

Minha história está quase terminada. Há apenas uma última coisa a contar. E é algo sobre o qual mal consigo escrever. Sentei à minha escrivaninha, dia após dia, noite após noite, com uma folha de papel em branco à frente, incapaz de levantar a caneta, trêmulo e também aos prantos. Saí e andei pelo velho pomar e adiante, cruzando o campo além de Monk's Piece, quilômetro após quilômetro, mas não olhei para nada nos arredores, não reparei nos animais nem nos pássaros, fui incapaz até mesmo de dizer como estava o clima, tanto que por diversas vezes voltei para casa molhado até os ossos, para a considerável preocupação de Esmé. E esse tem sido outro motivo de angústia: ela me observou, se perguntou a respeito, mas foi delicada demais para fazer perguntas. Vi a preocupação e a aflição em seu rosto e senti sua inquietude quando sentávamos juntos tarde da noite. Fui incapaz de contar-lhe qualquer coisa, ela não faz ideia do que tenho passado ou por quê: ela não fará ideia até ler este manuscrito e então eu deverei estar morto e além de seu alcance.

Mas, agora, por fim, criei coragem suficiente, usarei o pouco que resta de minhas forças, que foram tão exauridas pela recordação daqueles horrores do passado, para escrever o final da história.

Stella e eu voltamos para Londres e passadas seis semanas nos casamos. Nosso plano original era esperar pelo menos até a primavera seguinte, mas minhas experiências alteraram-me consideravelmente, de forma que agora tinha um senso de urgência, uma certeza de que não devíamos nos demorar, mas aproveitar qualquer alegria, e sorte, qualquer oportunidade, de uma vez, e logo agarrarmo-nos a ela. Por que deveríamos esperar? O que havia, além das mundanas considerações sobre dinheiro, propriedades e posses que nos impedia de casar? Nada. E então nos casamos, sem alarde nem alvoroço, e moramos em meu velho quarto, com o acréscimo de mais um cômodo, que a senhoria ficou mais do que disposta a nos alugar, até que pudéssemos adquirir uma pequena casa própria. Estávamos tão felizes quanto um homem jovem e sua esposa poderiam estar, satisfeitos com a companhia um do outro, não éramos ricos, nem pobres tampouco, atarefados e aguardando ansiosamente pelo futuro. O Sr. Bentley me concedeu um pouco mais de responsabilidades e um consequente aumento de salário com o passar do tempo. Quanto à Casa do Brejo da Enguia, ao espólio e aos documentos de Drablow, supliquei-lhe expressamente que nada fosse dito a mim, e isso foi feito; os nomes nunca mais foram mencionados para mim novamente.

Pouco menos de um ano depois de nosso casamento, Stella deu à luz nosso filho, um garoto, que chamamos de Joseph Arthur Samuel, e o Sr. Samuel Daily foi seu padrinho, já que era nosso único laço remanescente com aquele lugar, aquela época. Mas, embora o víssemos de vez em quando em Londres, ele não falou sobre o passado nem uma vez que fosse; na realidade, minha vida estava tão repleta de alegria e satisfação, que nunca mais nem mesmo pensei sobre aquelas coisas, e os pesadelos pararam totalmente de me perturbar.

Estava em um estado de espírito particularmente tranquilo e feliz, em uma tarde de domingo de verão do ano seguinte ao nascimento de nosso filho. Não poderia estar menos preparado para o que estava por vir.

Havíamos ido a um grande parque a mais ou menos 15 quilômetros de Londres que era parte do terreno de uma mansão e, durante o verão, permanecia aberto ao público em geral aos finais de semana. O lugar tinha um ar de férias, festivo, com um lago, onde havia pequenos barcos a remo, um coreto, com uma banda tocando melodias divertidas, barracas vendendo sorvetes e frutas. Famílias passeavam à luz do sol, crianças rolavam na grama. Stella e eu andávamos alegremente com o jovem Joseph dando alguns poucos passos irregulares, segurando em nossas mãos enquanto o observávamos, tão orgulhosos quanto pais poderiam estar.

Então, Stella notou que entre as atrações oferecidas estavam um burro, um pônei e uma carroça, ambos disponíveis para dar uma volta por uma avenida de grandes castanheiros e, acreditando que o garoto apreciaria tal agrado, o levamos até o dócil burro cinza e empenhei-me em colocá-lo sobre a sela. Mas ele deu um berro e afastou-se de uma vez, agarrando-se a mim, ao mesmo tempo em que apontava para a carroça do pônei, gesticulando nervosamente. Então, por só haver lugar para dois passageiros, Stella levou Joseph e eu fiquei, observando-os rodar alegremente pelo caminho, entre as formosas e antigas árvores, que estavam com a folhagem cheia, gloriosa.

Por um instante, saíram de meu campo de visão, depois de dobrarem uma esquina, e comecei a olhar em volta lentamente, para as outras pessoas que desfrutavam da tarde. E então, de forma um tanto quanto repentina, eu a vi. Ela estava parada, distante de todos, próxima ao tronco de uma das árvores.

Olhei diretamente para ela, e ela para mim. Não era um engano. Meus olhos não me pregavam uma peça. Era ela, a mulher de preto com o rosto abatido, o fantasma de Jennet Humfrye. Por um segundo, simplesmente fitei-a incrédulo e surpreso, e então com um medo intenso. Estava paralisado, imóvel, e todo o mundo ficou escuro ao meu redor e os berros e gritos alegres das crianças desapareceram. Eu era totalmente incapaz de desviar os olhos dela. Não havia expressão em seu rosto e ainda assim senti mais uma vez o renovado poder que dela emanava, a maldade, o ódio e a extrema amargura. Isso me dilacerou.

Naquele mesmo momento, para meu grande alívio, o pônei voltou trotando com sua carroça pela avenida, passando pelo raio de luz do sol que cobria a grama, com minha querida Stella sentada e segurando o bebê, que pulava e gritava e balançava seus pequenos braços com empolgação. Estavam quase de volta, quase haviam me alcançado, eu lhes reencontraria e então partiríamos, porque eu não queria ficar naquele lugar nem por um segundo mais. Preparei-me. Eles quase pararam ao passar pela árvore ao lado da qual a mulher de preto continuava parada e, quando o fizeram, ela se moveu rapidamente, seu vestido farfalhava como se ela fosse entrar no caminho do pônei. O animal desviou com violência e então empinou um pouco, seus olhos tomados por um medo repentino, e então partiu às pressas, galopando pela clareira entre as árvores, relinchando e fora de controle. Houve um instante de terrível confusão, com diversas pessoas indo atrás dele, e mulheres e crianças aos berros. Comecei a correr desesperadamente e então ouvi um repugnante estalo quando o pônei e sua carroça colidiram com o tronco de uma das enormes árvores. E então o silêncio — um horrível silêncio que pode ter durado apenas segundos, e pareceu durar uma eternidade. Enquanto eu corria na direção de onde ele havia caído, olhei para trás. A mulher havia desaparecido.

Eles retiraram Stella da carroça com delicadeza. Seu corpo estava quebrado, seu pescoço e suas pernas fraturados, embora ainda estivesse consciente. O pônei estava apenas atordoado, mas a carroça havia virado e os arreios estavam emaranhados, de forma que ele não podia se mover, apenas continuar deitado no chão relinchando e bufando de medo.

Nosso bebê havia sido arremessado para longe, contra uma outra árvore. Seu corpo jazia na grama abaixo dela, morto.

Dessa vez, não houve uma misericordiosa perda de consciência, fui forçado a vivenciar tudo aquilo, cada minuto e então cada dia que se seguiu, por dez longos meses, até que Stella, também, morreu em razão de seus terríveis ferimentos.

Vi o fantasma de Jennet Humfrye e ela teve sua vingança.

Pediram que eu contasse minha história. Eu a contei. É o bastante

Este livro foi composto na tipologia Minion Pro,
em corpo 12,5/16,3 e impresso em papel off-white 80g/m^2
no Sistema Cameron da Divisão Gráfica
da Distribuidora Record.